낯선 도시에서, 내게 물었다

낯선 도시에서, 내게 물었다

타지에서 써 내려간 13가지 삶의 기록

초 판 1쇄 2026년 03월 23일

지은이 구수임, 김미진, 김수련, 김연신, 김용성, 김지영, 김현영, 송현지, 신의경, 안나영, 이재희,
　　　　이정은, 정수미
펴낸이 류종렬

펴낸곳 미다스북스
본부장 임종익
편집장 이다경, 김가영
디자인 윤영빈, 윤가희, 임인영
책임진행 안채원, 이예나, 김은진, 국소리, 송가희

등록 2001년 3월 21일 제2001-000040호
주소 서울시 마포구 양화로 133 서교타워 711호, 808호
전화 02) 322-7802~3
팩스 02) 6007-1845
블로그 http://blog.naver.com/midasbooks
전자주소 midasbooks@hanmail.net
페이스북 https://www.facebook.com/midasbooks425
인스타그램 https://www.instagram.com/midasbooks

ISBN 979-11-7355-754-5 (03810)

값 19,500원

미다스북스는 다음세대에게 필요한 지혜와 교양을 생각합니다.

낯선 도시에서, 내게 물었다

타지에서 써 내려간 13가지 삶의 기록

구수임 김미진 김수련 김연신 김용성 김지영 김현영
송현지 신의경 안나영 이재희 이정은 정수미

미다스북스

나는 서둘러 정의되기보다 나만의 색을 천천히 찾아가 보기로 했다.
타인의 시선과 낯설었던 도시는, 그렇게 잊고 있던 나를 다시 불러냈다.

모든 것이 지나갔다고 생각하는 이 순간에도
온몸에서 작은 불씨처럼 깜빡이는 질문,
‘내일은 어떤 나로 살까?’

함께 느끼고 함께 울고 웃는 일,
그렇게 더불어 울림을 주고받으며 공명하는 일,
그 일이 내게는 큰 의미이자 따뜻한 위로로 다가왔다.

어쩌면 문은 처음부터 열려 있었는지도 모르겠다.
서로 조심스레 마음을 엿보다 이제야 마음을 확인한 것인지도.

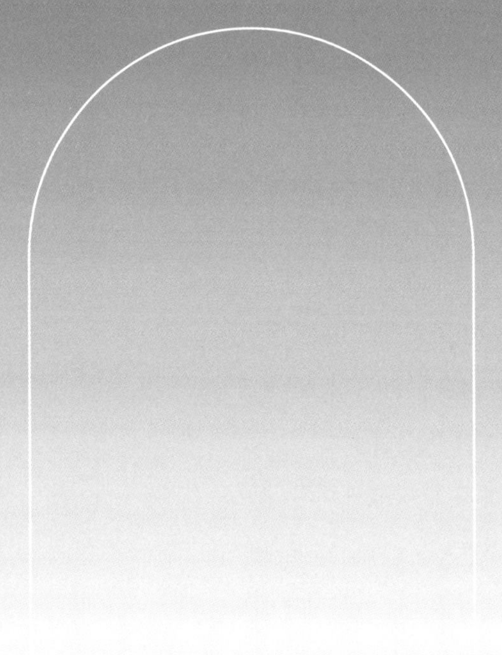

2부 사람 사이에서 배운 것들

이재희 순수미술작가

"자연을 그리며, 비로소 내가 되다"

낯선 땅에서 나는 내가 되었다

어느 날 문득, 내가 너무 멀리 와버린 것 같다는 느낌이 들 때가 있다. 분명 열심히 살아왔고, 잘못된 길을 걸은 것 같지도 않은데, 이 삶이 정말 '나의 것'인지 확신이 서지 않는 순간 말이다. 그럴 때 우리는 자연스럽게 자신에게 묻게 된다. 지금의 나는, 과연 나로 살아가고 있는가.

어디에 있든, 나를 잃지 않겠다는 다짐.

이 문장은 이 책의 시작이자, 이 이야기를 모으게 된 이유다. 타국과 타지에서 새로운 삶을 시작한 이들이 있다. 미국과 캐나다, 제주라는 서로 다른 하늘 아래에서 살아가는 13인. 우리는 낯선 언어와 문화, 관계와 환경 속에서 수없이 흔들렸고, 꿈을 좇다 멈춰야 했으며, 결혼과 육아, 커리어의 전환 앞에서 익숙했던 정체성을 내려놓아야 했던 시간을 지나왔다. 그러나 그 멈춤은 끝이 아니었다. 오히려 질문의 시작이었다. 나는 누구로 살고 싶은가. 어떤 속도로, 어떤 마음으로 오늘을 건너고 있는가. 이 질문은 이 책에 담긴 모든 이야기의 출발점이 되었다.

『낯선 도시에서, 내게 물었다』는 바로 그 질문을 통과해 온 사람들의 기록이다. 이 책은 화려한 성공담을 모아놓은 이야기가 아니다. 대신 외로움과 적응, 관계와 회복이라는 삶의 굴곡을 지나며 결국 '나답게 사는 법'을 배워온 시간을 담고 있다. 누군가는 타국에서 커리어를 쌓았고, 누군가는 관계 안에서 자신을 다시 세웠으며, 또 누군가는 삶의 속도를 늦추며 조심스럽게 자신에게로 돌아왔다.

"꿈이 멀리에 있는 자는 누구나 이방인이네." 이 문장을 곱씹으며 우리는 깨달았다. 우리는 물리적인 이방인이기 이전에, 스스로에게서 멀어졌던 시간 속의 이방인이었는지도 모른다는 것을. 그렇기에 이 책의 이야기는 떠난 사람들만의 기록이 아니다. 하루가 다르게 변하는 세상 속에서, 지금 이 순간에도 낯섦을 살아내고 있는 우리 모두의 이야기다.

이 책에 담긴 이야기들은 각기 다른 자리에서 출발했지만, 결국 같은 질문에 닿는다. 나로서 서는 법, 관계 안에서 나를 잃지 않는 법, 그리고 다시, 나답게 살아가겠다는 선택. 이 책은 위로보다 증언에 가깝다. 환경이 달라도 나로 살아가는 태도는 지켜낼 수 있다는 것, 다름을 견디며 끝내 자신을 확립해 온 사람들의 공동 서사다.

어디에 있든, 나는 지금 나를 잃지 않고 살아가고 있는가.

이 책이 그 질문을 마음에 품은 당신과, 조용히 나란히 걷는 동행이 되기를 바란다.

낯선 곳에서 시작된 질문

안나영

"나로서 살아가는 행복을, 마주하다"

미국 뉴욕-뉴저지 거주 20년 차
크리에이티브 디렉터

삶의 여정을 사랑하며 기록하는 사람. 뉴욕과 뉴저지에서 보낸 스무 해의 시간 속에서 무대미술에서 다져온 감각을 식탁과 일상, 그리고 글의 장면으로 이어오고 있다. 전 세계 60여 도시를 여행하며 마주한 미술을 향유하고, 아름다움이 깃든 오래된 이야기, 빈티지를 수집한다. 일상의 소소한 행복을 나누는 쿠킹클래스 '이야기 식탁'을 운영 중이다. 글을 쓰고 그림을 그리고 요리하는 삶, 무대 위에서도, 식탁 위에서도 여전히 '나의 장면'을 만들어간다. 그렇게 쌓여가는 나만의 기록으로 오늘도 조용히 한 페이지를 남긴다.

Q1. **무대에서, 그리고 주방의 테이블 등 다양한 공간에서 '나'를 지키기 위해 가장 중요하게 여긴 것은 무엇인가요?**

자신 안에 내재한 것을 믿는 힘, 그것이 결국 나를 지키는 가장 강력한 에너지였어요. 사실 어떤 분야에서도 100%의 정답을 내세우며 자신을 지킬 수는 없다고 생각해요. 저는 모든 일을 50%의 확신으로 시작하되, 나머지 절반은 제가 쌓아온 경험과 감각으로 현장에서 마주하는 호흡들로 채워가는 편이에요. 유연성을 가지되 나를 지키는 방법입니다.

Q2. **뉴욕으로 떠나던 순간, 가장 두려웠던 것은 무엇이었나요?**

가장 두려웠던 건, 어엿한 사회인에서 다시 학생으로 돌아가야 한다는 사실이었어요. 나름 치열하게 쌓아온 20대의 커리어를 내려놓는 현실은 쉽지 않았죠. 하지만 돌아보니, 그 결정은 스스로에게 가장 대견하고 멋진 용기였다고 칭찬하고 싶어요. 막연한 꿈이었던 뉴욕 한가운데, 내 힘으로 와 있다는 사실이 두려움을 넘어 행복했어요.

Q3. **무대디자이너에서 '요리하는 디자이너'로의 전환은 당신 삶의 무대가 바뀐 일처럼 느껴집니다. 이때, 새롭게 발견한 '창조의 기쁨'은 무엇이었나요?**

당연하게 여기던 일상의 끼니가 손님을 초대하면서 메뉴가 구체화되고, 테이블 세팅으로 아름답게 전환되면서 시작된 것 같아요. 무대 세트 위에서 배우와 관객이 소통하듯, 이제는 테이블이라는 나만의 무대 위에서 제가 초대한 이들과 더 긴밀하고 소중한 "이야기 식탁"이 시작되었습니다.

Q4. **"행복은 성취가 아니라 향유였다."라고 말씀하셨어요. 그 깨달음은 어떤 경험 속에서 비롯된 걸까요?**

20대의 저는 행복하기 위해 늘 목표를 향해 달려가야 한다고 생각했어요. 그러다 삶 속에서, 좋아하는 순간들을 향유하지 못한다면, 내 삶에는 무엇이 남을까 스스로에게 묻게 되었죠. 답은 자연스럽게 '나를 오롯이 알아가는 여정'으로 옮겨갔고, 그 마음은 어릴 적부터 이어져 왔어요. 집에서 가장 예쁘고 귀한 그릇을 꺼내 혼자 식사를 하며 '좋은 건 나부터 대접해야 한다.'라고 말하던 초등 2학년의 마음이 지금의 저를 만든 셈이죠. (그날, 엄마에게 꾸중을 들었지만요.)

Q5.   **끊임없이 새로운 무대를 스스로 만들어온 당신에게 '나다운 삶'이란 어떤 의미인가요?**

나는 나예요. 누구와도 비교되지 않을 나. 한때는 처음 세운 목표를 지켜내지 못한 저 자신을 애써 외면하느라 많이 힘들었어요. 오랜 시간, 오롯이 나를 마주하기까지, 엄마로, 아내로, 그리고 나로 살아온 시간을 지나며 지금의 제가 만들어졌다고 느껴요. 모든 순간에 자신을 인정하는 마음, 그것이 가장 '나다운 삶'이 아닐까요.

1
마음의 꽃, 열정

호기심 많고 열정 가득했던 나의 어린 시절이 떠오른다. 마음속에서 몽글몽글 피어오르던 감정들이 폭발할 듯 꿈틀거리던 그때, 나는 내 속에 담긴 이 뜨거운 에너지가 과연 어디로 나를 데려갈지 무척이나 궁금했다. 열아홉 대학 1학년, 나의 첫 이미지 작업에 적었던 구절이 지금도 생생히 기억난다. '내 안에 열정이 사라지지 않는 한 나는 무엇이든 할 수 있다'. 그 문장은 오래도록 나의 다짐이자 스스로에 대한 믿음이었다. 꿈을 발표하던 어느 봄날 캠퍼스 잔디밭에서, 나는 말했다. 뉴욕 브로드웨이 극장 바닥을 청소하더라도, 나는 꼭 뉴욕에 가 있을 거라고 말이다.

공무원 아버지, 교사 어머니의 맏딸인 나는 꿈은 많았지만, 공부를 썩 잘하지 못한 청소년기를 보냈다. 꿈을 이루고자 내가 좋아하는 전공을 선택하고 대학에 입학해 오랜 시간, 몸 구석 어딘가 묵혀놓았던 것들을 하나둘씩 꺼내기 시작했다. 그 일련의 시간은 내 생각과 아이디어들이,

그 무엇 이상이라고 믿어왔던 것에 확신으로 되돌려 주었다. 그 확신은 성적으로도 프로젝트의 특별한 작업 결과물로 고스란히 투영되었고, 첫 학기의 학과 수석을 거머쥐는 성취로 이어졌다. 마치 '빨간 머리 앤'이 자신의 진가를 드러낸 어느 날처럼, 꿈틀거리던 가슴속 아지랑이들이 피어올랐다. 그로써 내가 하고 싶은 것들에 대한 자신감이 무섭게 차오르기 시작했다.

첫 직업은 'Creative VMD'(비주얼 머천다이징 디자이너)였다. 백화점 개점과 브랜드 리뉴얼을 맡으며 전 세계 디자이너들과 일하는 행운을 누렸다. 월급은 적고 일은 밤낮이 없었으며, 아침저녁으로 비행기를 타며 공항에서 회사로 퇴근하는 삶을 살았지만, 내 이름이 새겨진 명함 하나로 세상을 다 가진 듯했다. 그러나 그 화려한 타이틀 속에서도 나는 여전히 나에게 무엇인가가 더 있을 거라고 늘 궁금해했었다. 오랜만에 예술의전당 오페라하우스를 찾았다. 어둠 속 극장에 자리를 잡고 앉은 찰나에, 온몸을 타고 오르락내리락하던 그날의 전율을 지금도 잊지 못한다.

'그래, 나는 극장에 있을 때 살아있어!'

그 순간 비로소 선명해졌다. 멋있고 화려해 보이는 직함도 나를 온전히 나로서 품어주지 못했다는 것을, 그 어둠 속 전율을 통해 나라는 존재를 자각한 장면이었다.

그해 봄, 나는 우리나라 첫 무대디자인 전공 학교로 편입했다. 온 마음 다해 붙여주십사 하였는데, 어느새 학교에 있었다. 그 후의 시간은

　　　　　　　　　　　　낯선 도시에서, 내게 물었다

오롯이 무대와의 치열한 싸움이었다. 학교 수업, 교수님 작업실 어시스트, 공연 리허설, 세트 제작. 동대문 자재 시장에서 시작해 대학로, 국립극장, 예술의전당까지. 서울의 모든 무대를 뛰어다녔었다. 밤샘 작업이 일상이었고, 강의실 작업대 위에서 쪽잠을 자던 날이 셀 수 없이 많았다. 모든 시간이 무대 안팎에서 나라는 사람을 단단하게 만들어 가고 있었다.

3년 뒤, 대학원을 진학하고 영화 세트 데코레이터로 일했다. 스물네 살의 나는 여전히 달리고 있었다. 두 편의 상업영화, 수없는 밤샘, 끝없는 프리랜서의 삶을 살았다. 불규칙한 생활의 고단함 속에서 조금은 지쳐가고 있었다. 어느 여름, 신문 속 '현대홈쇼핑 공채 공고'가 눈에 들어왔다. "그래, 대기업 명함도 한 번 가져보자. 돈도 좀 모아야지. 그래야 언젠가 뉴욕이라도 갈 수 있잖아?" 그렇게 400대 1의 경쟁률을 뚫고 입사했다. 선생님이셨던 엄마에게, 중·고등 시절 공부로 꾸중을 들을 때에도 나는 나를 믿었다. 매일 밤 다마스크 벽지에 동그라미를 그리며 되뇌던 "나는 특별해. 나는 남들과 달라."라는 어린 소녀의 자기 자신에 대한 믿음이, 마침내 세상의 잣대에 나의 가치를 입증해 보인 기분이었다. 스스로 번 돈으로 유학 자금을 차곡차곡 모아 나갔고, 스물아홉 살의 1월, 나는 결심했다.

'이제 내가 원하는 다음 계단으로 나아가야 한다.'

그즈음, 친구들은 결혼하고, 이직하며 자리를 잡아가고 있었다. 하지만 나는 그 뻔한 시나리오에 나를 안주시킬 수 없었다. 그래야 나의 꿈인 다음이 올 테니까. 책상 앞에 수북이 붙여놓은 메모들을 하나하나 바라보았다. 흔들리는 많은 유혹에서 미국 뉴욕에 가야만 하는 모든 이유를 나에게 되물었다. 지독히 추웠던 2005년 1월의 새해. 맨해튼 한복판에 서 있었다.

낯선 도시에서, 내게 물었다

2
소란한 뉴욕에서 마주한 내면

나는 대학원 마스터 학위과정(MFA)에 반드시 가야 했다. 더는 미룰 수 없다는 절박함으로, 손에 쥔 학생비자는 뉴욕으로 향하는 유일한 확신이었다. 이곳의 새로운 에너지가 나에게 힘을 불어넣어 줄 것이라 믿었다. 도착 후 반년 동안 나는 맨해튼 헌터칼리지 어학원에 다니며 포트폴리오를 다시 다듬었다. 집을 렌트해 룸메이트를 구하며, 뉴욕에서의 낯선 접점을 하나씩 만들어 나갔다.

마음 한편에는 이곳에 와 있다는 사실만으로, 꿈을 향해 다가선 듯한 설렘으로 가득 찼다. 한국에서 나를 지도했던 교수님 뉴욕 모교에 학과 교수에게 연락해 인터뷰 날짜를 잡았고, 준비 과정 내내 가슴이 벅차올랐다. 코리언 아메리칸 룸메이트의 도움으로 프레젠테이션을 만들고, 무거운 포트폴리오를 들고 브룩클린행 지하철에 올랐던 그 여름 – 그 기억은 여전히 내 삶의 선명히 떠오르는 한 페이지이다.

그해 가을, 실기 석사 과정에 입학했다. 박사가 없는 전공이라 사실상 마지막 학위였다. 학교 극장에서 주 20시간 일하며 등록금의 절반을 면제받았고, 한국에서 쌓은 무대/의상 디자인 경험을 살려 SCENE SHOP과 COSTUME SHOP에서 일했다. 거기다 주말 파트타임에, 학기 중 외부 독립영화 디자인까지 병행하며 숨 가쁘게 시간을 쪼개 살았던 시절이다. 무엇이 그렇게까지 나를 몰아붙였는지 잘 몰랐다. 열정이라기엔 너무나 막연한 불안이었고, 그리고 '무언가 해내야 한다'라는 강박에 더 가까웠던 시간이었다. 그 숨 가쁜 속도는 아마도 '나는 여기서 잘 살아내고 있어'라는 나를 지탱하고 있는 의미였을 것이다.

그럼에도 그 모든 분투 속에서 나는 지독히 외로웠다. 학교에서도, 극장에서도, 미국 문화와 역사에 아직 깊지 못했던 때였다. 그런데도 수업 속에서 변화는 있었다. 처음엔 언어의 벽 때문에 쭈글이가 되기 일쑤였지만, 시간이 지나자, 학과 친구들은 내 디자인 언어에 귀를 기울이기 시작했다. '영어가 서툰 외국인'이 아니라, '왜 이런 선택을 했는지 궁금해지는 디자이너'로 바라보기 시작했다. 나의 디자인 언어가 비로소 영어라는 장벽을 넘어선 순간이었다.

공연 디자이너 명단에 있는 내 이름을 표시하고 가던 학생들, 교수님의 공연에 참여했던 경험들 사이에서 나는 조금씩 자리를 찾았다. 완벽하지 않은 영어 때문에 발표가 여전히 두려웠지만, 나의 작업과 리서치만큼은 그들의 호기심을 끌었다. 외부 작업 제안이 들어오고, '너의 페인

 낯선 도시에서, 내게 물었다

트가 그리웠어. 네 손이 필요했어.'라는 메시지를 받을 때면, 그간의 고단함과 힘듦을 보상받는 느낌이었다.

학기가 지날수록 체력이 바닥을 드러냈지만, 생소함과 설렘으로 시작했던 이곳의 생활은 어느새 익숙해졌다. 그 시절의 나는 매일 스스로를 시험하며, 한계와 가능성 그 사이를 위태롭지만 씩씩하게 건너가고 있었다.

소란한 도시 한가운데 서 있으면서도 이상하리만큼 내 안으로 깊이 빠져들고 있었다. 나는 나를 잃지 않기 위해, 노트를 끊임없이 써서 책상 앞에 빼곡히 붙여놓았다. 내가 좋아하는 것들, 삶의 가치, 심지어 종교와 상관없는 배우자의 기도 등등. 모든 기록의 조각이 결국 '나를 알아가는 여정'의 정점에 닿아 있었다. 내가 썼던 노트들이야말로 나에게 다가가는 가장 친절한 도구였다는 사실을 알게 되었다. 밤샘 작업이 이어지는 날이면, 레드불과 스타벅스 벤티 사이즈 커피, 그리고 클래식 음악을 친구 삼아 몰두하던 많은 날이 생각난다. 그때의 새벽 공기가 아직도 생생하다. 얼마나 가슴이 벅차고, 흥분되었는지 모른다. 나를 점점 더 알아가면서, 마치 나와 사랑에 빠져 연애하는 기분마저 들었다.

넓고 복잡한 뉴욕에 왔지만, 정작 내 인간관계의 반경은 서울과 비교도 되지 않을 만큼 좁아졌다. 그랬기에 도시를 오롯이 탐구하기도, 그리고 나를 마주하기에도 이보다 더 좋은 시간은 없었다. 마치 가뭄에 단비 내리듯, 대학 시절부터 알던 연극, 영화 선배들과 오랜만에 뉴욕에서 만나게 되었다. 그들은 공연을 보고 시나리오를 발굴하기 위해 봄, 가을로 뉴욕을 찾았다. 극장장, 극단 대표, 배우, 프로듀서 등, 뉴욕에서 그들과의 만남은 서로에게 신선한 에너지를 가져다주었다.

겉보기엔 든든한 백이 있는 사람처럼 보였겠지만, 사실 나에게도 어쩌면 그들이 비빌 언덕이자 응원처였다. 유학생이 엄두 내기 힘든 좋은 공연과 맛있는 밥, 소일거리와 용돈도 쥐여주었다. 나는 그 대신 뉴욕의 숨은 장소와 연극쟁이들만 가는 서점, 공연무대 스테이지 투어를 소개했다. 그 만남은 나에게 많은 기회를 가져다주었으며, 미국 대학원 졸업 기념으로 한국 유명 극장의 무대디자인을 오퍼 받기도 했었고, "그렇게 공연이 하고 싶으면 한국 컴백 데뷔로 5편 시리즈를 미리 계약해 줄까?" 라는 농담 섞인 말들은 힘든 시간을 견디게 하는 달콤한 설렘이 되었다.

지금 돌아보니, '나영, 용기를 내. 언어가 달라도 너의 재능은 사람들이 다 알아채! 너는 아직 문을 열고 나가지 않았을 뿐이야.' 라며 응원해 주던 친구들의 목소리가 생생하게 떠오른다. 누구에게나 두려움 속에서 반짝거리던 순간이 있다. 우리는 살아가는 동안 미처 그 빛을 알아채지 못할 뿐이었음을, 이제는 어렴풋이 알아진다.

낮에는 학교 극장 일에, 밤에는 공연장에, 이른 아침 수업까지 이어지던 나날 속에서도, 그 모든 응원과 흥분된 마음이 이곳, 뉴욕 맨해튼의 소란함 속에서 나를 버티게 하는 힘이 되어 주었다.

3
예기치 않은 장면 전환

인생의 방향을 바꿔놓을 큰 사건을 마주하게 된 건, 졸업을 1년 앞둔 서른두 살의 가을이었다. 뉴욕에서 지금의 남편을 만났고, 그 만남은 예상보다 자연스럽게 삶의 계획 안으로 스며들었다. 그해 여름방학 한국을 방문했을 때, 이미 다른 대학에서 강사나 전임으로 자리를 잡은 친구들을 만나 일을 다시 시작하는 과정과 현실적인 조언을 들어둔 터였다. 나는 어쩌면 차근차근 나의 계획대로 미래를 준비함과 동시에, 삶에서 중대사인 결혼도 함께 고려하고 있었는지도 모르겠다.

한국에서 일할 때, 디자이너로서 이름을 알린 선배들의 삶을 가까이에서 지켜볼 수 있었다. 일에서는 분명한 성취를 이뤘지만, 그만큼 삶의 다른 영역에서는 많은 것을 감내하고 있는 모습이기도 했다. 한편으로는 크게 두드러지지 않더라도 자기 일과 가정을 조용히 꾸려가던 사람들의 얼굴이 더 단단해 보이기도 했다. 그 대비는 내게 오래 남는 질문이 되었다.

미국 MFA 졸업 후, 오랫동안 모셨던 한국 스승에게 무대 디자인학과 강의 세 과목을 제안받았고, 동시에 미국에서 그에게 프러포즈를 받았다. 그리고 나는 결혼을 결심했다. 학기 중에 한국에서 강의와 공연을 하고 여름, 겨울방학을 이용해 미국에 머무르자고 혼자만의 착각 같은 그림을 그리고 있었다. 하지만 내 마음이 그의 마음일 리 없었고, 이것은 나의 꿈과 바꾸어야만 하는 중대한 전환점이었다는 것을, 결혼식을 치르고 나서야 인지하기 시작했다.

어렵사리 말을 꺼낸 나의 계획에 대해서, 그에게 돌아온 대답은, NO였다. 미국을 온 이유이자 내 30대의 꿈은, 한국의 대학에서 나처럼 꿈 많은 학생을 가르치며 무대 디자이너 생활을 하는 것이었다. 보잘것없다고 여겨졌던 나도 해냈던 이 마음에 대하여 누군가의 가슴속에 할 수 있다는 한마디를 심어주고 싶었다.

나의 20대를 바쳐서 달려온 꿈에 스스로 포기를 선언했다. 교수님에게 양해를 구하며, 시간을 벌 수도 있었겠지만, 융통성 없이 그냥 한국행을 포기했다. 왜 그랬냐고? 다시 질문해도, 그때 나의 결정은 그랬다. 이것은 예기치 않은 전환이었다.

그 시간 이후, 모든 계획을 송두리째 바꿔야 했다. 뉴욕에서 무대디자이너로 살아보겠다는 생각은, 기대와 달리 성에 차지 않았다. 다시 열아홉 살로 돌아간 기분이었다. 아무 인맥도, 쌓아온 커리어도 없는 이곳에

낯선 도시에서, 내게 물었다

서 나는 사회 초년생처럼 다시 시작해야 했다.

누구나 꿈꾸는 무대에서 열렸던 '링컨센터 디렉터랩' 여섯 디자이너 중 한 명으로 참여하는 행운도 있었고, 그 안에서 미국과 세계 각지에서 온 디렉터들에게 많은 인정을 받기도 했다. 그러나 그 경험이 실제 작업으로 이어져, 무대디자인 한 작품을 의뢰받아 무대에 오르기까지는 몇 달이 걸리는 게 디자인 과정이었다. 당시 미국의 Off Off Broadway 페이는 작품당 고작 500달러에 불과했다. 디자이너라는 이름만으로는 생계를 이어가기 어려웠다.

주변의 친구들 역시 바텐더나, 베이비시터, 컴퓨터 작업자로 생활을 해결하며, 근근이 무대디자이너라는 이름을 붙들고 살고 있었다. 한국과 다르지 않게, 이곳의 연극판 현실도 어처구니없었다.

열정 많고, 꿈이 많던 나라는 사람이 송두리째 바뀐 상황에서 제대로 갈피를 잃었다. 나를 그토록 사랑하고 아끼던 나는 어디에 갔었을까? 결혼생활 시작과 동시에 현실을 마주했고, 꾸준히 일을 하고 있음에도 내가 꿈꾸던 "그 일(무대디자이너/교수님)"이 아니었기에, 어느 곳에도 한동안 나는 없었다. 내가 나를 제대로 마주 보지도 못했다. 그냥 하루를, 일주일을, 한 달을 그렇게 살아냈다. 직장인으로, 아내로, 그리고 어딘가에서 꿈이 있었던 마음속 응어리를 가진 은둔자처럼. 나를 마주 보는 데, 얼마의 시간이 걸렸는지 아직도 가늠되지 않는다.

공연 프로덕션 매니저로 일해보고, 패션 악세사리 사업가로 일하고,

빈티지 컬렉터 & 데코레이터로 일하면서도 나는 그 어디에서도 오롯이 나로 서 있지 못했다. 그 시절 남편의 유럽과 아시아 출장길에 나의 모든 휴가를 당겨쓰며 따라다녔다. 덕분에 나는 전 세계 60여 도시를 다닌 여행 부자가 되어있었다. 나도 모르게 도피처럼 따라다닌 흔적이었다. 어떤 일을 아무리 열심히 해도 만족하지 못했다. "내가 있을 곳은 여기가 아니야."라고 나에게 귓속말을 해대었던 시간이었다. 하지만 한 가지 너무나 아이러니한 사실은 현실에 만족하지 못하면서도, 모든 순간에 또 열심히 살아냈다.

남편은 내가 겪는 이 현실의 무게를 온전히 이해하지 못했다. 일이 풀리지 않는 이유가 어쩌면 내 실력 탓이라 생각하는 듯한 그의 시선을 느낄 때면, 혹여 내 말이 구차한 변명처럼 들릴까 봐 작아지는 마음을 애써 삼켰다.

어느 날 그는 종교 모임에서 들은 이야기를 전해주었다. 외국 친구도 '아내가 수입도 거의 없고 보험도 없어, 고민'이라며, 그 아내가 비영리 공연 단체에서 일한다고 했다. '너만 그런 게 아니더라.'라는 그의 말에, 이상하게도 위안과 허탈함이 동시에 밀려왔다.

내가 온 힘으로 붙잡아온 세계가 누군가에겐 불안정한 일쯤으로 보일 수도 있다는 사실을 그제야 또렷이 마주했다. 그 순간 내가 처한 이 현실을 인정함과 동시에, 적어도 나로 살아내야 하는 지금임을 부정하지 않기로 했다.

     낯선 도시에서, 내게 물었다

4
나만의 무대, 이야기 식탁

한국행을 포기한 지 5년, 그동안 나는 얼마나 스스로와 타협하려 애썼는지, 또 현실을 살아내려 분투했는지 모른다. 마음 한쪽이 어딘가 늘 미완인 채로 살았다. 그러다 출산과 육아가 시작되었다. 말 그대로 진짜 '경단녀'의 시간이 열렸다. 아이가 자라 프리스쿨에 들어가게 되었을 무렵, 나는 다시 가만히 있지 못했다. 빈티지 컬렉션에 열을 올렸고, 판매자가 되기도 했고, 때로는 데코레이터로 누군가의 공간을 살려주는 손이 되기도 했다. 지금의 집도 그렇게, 내 손으로 천천히 디자인하며 만들어낸 공간이다. 아이를 키우다 보니, 무엇 하나 쉬운 일이 없다는 걸 새삼 배웠다. 그럼에도 육아도 온 마음을 다해서 해내고 있었다. 그러나 끊임없이 나에게 질문했다. '언젠가 아이가 크면, 나도 다시 무언가 시작할 수 있지 않을까?' 내 자신을 바닥까지 들여다보며 묻곤 했다. 너는 정말 무엇을 하고 싶은 사람인가. 지나간 일에 자신을 묶어두는 건 이제 놓아야 한다고, 마음을 다독이듯 말이다. 그 당시는 나만 이렇게 복잡하고 무거운 것 같아 보이기도 했다. 겉으로는 멀쩡해 보이지만 속은 어딘가 텅 비어 있는, 그런 '빛 좋은 개살구' 같은 모습이 내 자신처럼 느껴졌다.

육아 퇴근 후 밤마다 마음속에서 꿈틀거리던 것들을 스스로 잘라내던 시간이 이어졌다. 그러다 문득, 나보다 훨씬 더 힘든 시간을 지나온 사람들도 주위에 있다는 걸 보게 되었다. 그들과 함께 마음을 나누며, 잃어버린 길 위에 서 있는 나 자신에게 나지막이 되뇌었다. '회피하지 말자. 진심을 다해서 나를 마주 봐줘.' 그 또한 나조차 인지하지 못한 나를 다시 일으키기 위한 작은 몸부림이었다. 어디쯤인가 새싹이 피는 줄도 모른 채.

불안하고 일이 손에 잡히지 않을 때마다 주방 앞 카운터에 서서 무엇인가를 만들어내었다. 평소에 해보고 싶었던 요리와 머릿속에 수없이 떠올려보던 여행지에서 먹었던 음식들을 내 주방에서 나의 맛으로 재탄생 시켜내기도 했었다. 아무리 귀찮은 날에도, 내 마음을 이러지도, 저러지도 못하는 날에도, 머릿속이 복잡해 터질 것만 같아도 나는 냉장고를 열고 재료를 꺼냈다.

무대 디자이너로서 나는 늘 모든 과정과 결과물에 집착했고, 최선을 다해 만들어내야 다음이 있다는 압박감에 시달렸다. 그래서 종종 머릿속이 꽉 차고, 손이 멈춰 버리기도 했다. 그러나 요리는 달랐다. 아이디어에서 실행까지의 과정이 비교적 순조롭고, 나에게는 자유로운 놀이와도 같았다.

　　　　　　　　　　　　　　낯선 도시에서, 내게 물었다

요리는 나에게 가장 빨리 계획을 세울 수 있으면서도, 음식을 만드는 과정에서 큰 부담감 없이 이루어지는 결과물이었다. 그래서 나는 누구나 조금의 관심만 가지면 당연히 해내는 일이 요리이고, 밥상을 차려내는 일이라고 단조롭게 여겼다. 나도 알아차리지 못한 채 차곡차곡, 일상의 끼니들이 아름다운 아이디어들로 빼곡히 채워져 가고 있었다.

사람들을 우리 집에 초대한 날이면, 아낌없는 찬사가 날아왔다. 처음에는 그냥 손님을 기다리는 시간이 지루해서 시작된 테이블 세팅이 날로 갈수록 세밀해졌다. 흡사 무대를 데코레이션하듯이 빈틈없는 요리 동선과 내가 대접받고 싶은 느낌을 다듬어 내면서 말이다. 내가 더 움직이면, 더 근사해지는 '나의 매직'에 스스로 빠져들고 있었다.

무대에서 일하던 시절, 하우스 등만 켜진 객석 너머로 내가 디자인한 무대가 떠올랐다. 그 공간을 이리저리 손대며 빛나고 아름답게 꾸며내던 순간들이 스쳐 지나갔다. 객석 곳곳에 앉아 앞·뒤·측면의 시선을 모두 점검하고, 어느 자리에서도 무대의 장면들이 온전히 보이도록 시선 처리까지 신경 쓰던 그 순간들을 내 마음으로부터 꺼냈다.

우리 집 식탁 여섯에서 여덟 자리를 정성스레 꾸며 골라 앉고 싶게 만드는 것이, 오늘의 손님들에게 건네는 주인으로서 나의 선물이었다. 처음엔 손님들의 격한 칭찬을 '고마워서 해주는 말이겠지.' 하고 가볍게 넘겼다. 그러다 문득, 그 말들이 마음에 깊이 닿았다. "누가 너처럼 촛불 켜고, 냅킨을 한 장씩 정성스레 놓아주겠니?", "너니까, 안나영이니까,

이 맛이 나는 거야." 결혼 이후, 숱하게 이 일 저 일 전전하며 '이 일이 정말 내 일일까?'를 수없이 되묻던 시간 속에서 요리만은 이상하게도 달랐다. 확신에 없던 이전의 일들과 달리 분명한 답으로 나에게 다가왔다.

다음 챕터로 나아가기 위해서, 나는 한 번쯤 나의 전부라 여겼던 꿈의 산을 넘어야 했다. 30대의 나를 그려놓아서 달릴 수 있었던, 치열하고 당당했던 그날들을 말이다. 다시 돌아오지 않을 열아홉 살부터 스물아홉의 나를 돌아보니, 그 모습이 참으로 사랑스럽고 아주 멋졌다. 그때의 불안하고 안쓰럽던 나에게 그렇게 살아줘서 고마웠다고 전하고 싶다. 그래서 깨알같이 몸에 박힌 모든 경험을 통해 지금의 나를 지탱하며 살아내 왔다고 말이다. 어떤 먹구름에 갇힌 순간에도 수많은 용기를 깨우며 나의 심장을 뛰게 했고, 나로서 존재하기 위해서 버텨냈다고. 그런 나를 이제는 격하게 안아주고 싶다.

무엇이든 진심으로 대한다는 나에게, 그래서 그 마음을 알아본 사람만이 나를 귀하게 여긴다고 말했다. 이제서야 왜 그렇게 모든 것에 온 마음 다 바쳤냐고, 되물어 보아도 난 또다시 진심을 다할 것이다. 무대에서든 식탁에서든, 또는 글 속에서든 그게 바로 나니까. 이제 나의 섬세한 감각을 테이블 위에서 하나하나 나누고 싶어졌다. 무대 안팎에서 나의 온 열정을 담으며, 때로는 절제하며 보여준 균형감을 말이다.

우리의 소소한 이야기가 피어나는 식탁이 또 하나의, 가장 친절하고

　　　　　　　　　　　　　　　낯선 도시에서, 내게 물었다

아름다운 나만의 무대가 될 테니까. 다시 용기 있게, 호기롭게 말해본다. 오늘을 나로서 살아내기 위해 모든 게 반짝일 필요는 없다고. 그저 나로 충분하다고, 이 믿음이 당신에게도 닿기를 바라며, 당신의 삶 속에서도 온전한 자신으로 살아가기를 온 마음 다해 응원한다.

김수련

"조용히, 단단하게 피어나다"

미국 달라스 거주 5년 차
호텔리어

영어 울렁증이 있고 조용한 성향이지만, 미국 크루즈 승무원을 거쳐 현재는 매일 새로운 고객을 맞이하는 서비스 일을 하고 있는 4년 차 호텔리어이다. 내향적인 성향 덕분에 객실 하나, 일정 하나에도 마음을 담아 안정과 신뢰를 차곡차곡 쌓아 간다. 낯선 환경에서의 불안은 오랫동안 나를 흔들었다. 명상과 글쓰기, 쉼을 통해 그 감정이 오히려 나를 성장으로 이끄는 등불 같은 존재임을 깨달았다. 내향적인 성향은 단점이 아니라 나를 지탱하는 힘이라는 것을 알게 되었고, 오늘도 나는 내 속도대로, 조용히 그리고 단단하게 피어나고 있다.

Q1. **호텔이라는 곳에서, '나'를 지키기 위해 가장 중요하게 여긴 것은 무엇인가요?**

저에게 가장 중요한 내면의 기준은 '나답게 행동하자.'예요. 조용하지만 단단하게 나를 지키는 태도죠. 많은 말을 하지 않더라도, 상대를 존중하고 진심을 담으면 그 마음은 결국 전달되는 것 같아요. 화려한 표현보다 섬세한 관찰이 더 중요하다고 느껴요. 그래서 저는 늘 차분하게 듣고, 메모하고, 기다리며 필요한 순간에 행동하려고 해요. 비록 이런 방식이 시간이 걸릴지라도 결국 제 방식으로 저를 지켜주는 힘이 되었어요.

Q2. **조용한 내향인으로서 다른 사람을 맞이하고 돌보는 일이 오히려 힘이 되었다고 했는데, 그 일 안에서 '진짜 나'를 발견하게 된 순간은 언제였나요?**

내향적인 성향 때문에 사람들 사이에 오래 머무는 건 쉽지 않아요. 그러나 한 사람에게 마음을 담아 서비스를 제공할 때, 말이 많지 않아도 작은 변화와 감정을 읽을 수 있다는 것이 저의 장점이라는 걸 알게 되었어요. 손님들이 떠나시며 감사 인사를 전해주실 때, 조용한 방식의 서비스도 충분히 힘이 될 수 있다는 걸 깨달았죠. 그 순간이 저에게는 '진짜 나'를 발견한 순간이었어요.

Q3. **미국이라는 낯선 환경 속에서 가장 힘들었던 순간은 언제였나요? 언어와 문화의 벽 앞에서도 그 시간을 견디게 한 당신만의 방식이 있었나요?**

다른 언어와 문화 속에서 스스로 작아지는 순간이 많았어요. 그 시간을 버티게 해준 건 '정리'였어요. 물건뿐 아니라 마음을 정리하는 과정이었죠. 명상과 글쓰기로 마음을 비우다 보니 불안이 조금씩 가벼워졌고, 제 속도를 인정하는 법도 배웠어요. 완벽하려 애쓰기보다는 어제보다 나은 오늘을 선택하는 거죠. 이러한 과정들이 저를 천천히 단단하게 지켜준 힘이 되었어요.

Q4. **불안과 싸우던 당신이 그것을 '성장'으로 바꾸게 된 계기가 있었나요?**

예전엔 불안을 없애야 하는 감정이라고만 생각했어요. 그래서 피하고 숨기느라 더 힘들었던 시기도 있었죠. 그런데 모닝루틴을 통해 불안이 '멈춤의 신호'라는 걸 알게 되었어요. 왜 이 감정을 느끼는지 질문하다 보니, 불안이라는 감정은 나를 멈춰세우고 바라보게 하는 힘이라는 걸 깨달았어요. 그 질문 덕분에 감정과 일상을 깊이 들여다보게 되었고, 그 과정은 결국 성장으로 이어졌어요. 이제는 더 이상 불안을 미워하지 않아요.

Q5. **지금의 당신에게 '나다운 삶'이란 어떤 의미인가요?**

저에게 나다운 삶은 누군가를 따라가는 것이 아니라, 나 자신을 믿으며 제 속도대로 걸어가는 삶이에요. 예전에는 내성적인 성격이 약점이라고 생각했는데, 이제는 조용해도 괜찮고 천천히 가도 괜찮다고 말해줄 수 있어요. 물건을 정리하듯 마음을 정리하고, 말씀과 기도로 하루를 다독이며 내면의 균형을 찾아가고 있어요. 화려하지 않아도 조용히 피어오르는 힘으로 살아가는 것. 앞으로도 이렇게 조용하지만 단단하게 나답게 살아가고 싶어요.

1
수련처럼 피어나는 호텔리어

사람들은 호텔리어를 떠올릴 때 이렇게 말한다. '말 잘하고, 사교적이며, 영어가 유창하고, 자신감이 넘치는 사람.' 하지만 나는 그 이미지와는 거리가 멀다. 조용하고 낯을 가리며, 영어 앞에서는 늘 작아지는 사람. 말하기보다 듣는 쪽이 편하고, 앞에 서기보다 뒤에서 관찰하는 사람이 나였다. 청소년 시절, 한 호텔 로비에서 단정한 유니폼을 입고 여유롭게 손님을 맞이하던 직원의 모습이 오래도록 마음에 남았다. '언젠가 나도 저런 곳에서 일하고 싶다.' 그 작은 바람은 조용히, 그러나 오래도록 내 안에 남았다.

그 꿈이 막연한 동경에서 '현실적인 목표'가 된 건, 대학교 시절 롯데호텔 연회장에서 일하게 되면서였다. 집에서는 외박이 허락되지 않아 나는 매일 새벽 첫 버스를 타고 춘천과 서울을 오가며, 연회가 있는 날이면 밤이 되어서야 막차를 타고 집으로 돌아왔다. 힘들지 않았다고 하면 거짓말이지만, 그 시간은 이상하리만큼 즐거웠다. 특히 연회 테이블이 완벽히 세팅되어 있는 모습을 바라볼 때면, 묘하게 마음이 편하고 뿌듯했다. '누군가가 이 자리에 앉았을 때, 편안함과 질서로 기분 좋게 느끼겠구나.' 그런 작은 기쁨이 나를 더 잘 해내고 싶게 만들었다.

연회 마지막 날, 총지배인님이 내게 말을 건넸다. "수련, 수고 참 많았다. 먼 길을 오가는 게 쉽지 않았을 텐데, 단 한 번도 지각하지 않는 걸 보면 넌 분명 좋은 호텔리어가 될 수 있겠다." 그리고 덧붙이셨다. "대신 영어는 반드시 해야 한다." 일을 하면서 매번 외국인 고객들을 대할 때면, 나는 아무 말도 못 하고 그저 벙어리가 되곤 했다. 그 한마디는 내 인생의 방향을 정확히 찔렀다. '한국 사람은 한국말만 잘하면 되지.'라며 영어를 피해 왔던 영포자였던 나는, 그날 처음으로 영어를 외면하지 않기로 마음먹었다.

그렇게 내딛는 첫걸음은 호주 어학연수였다. 남들은 6개월만에 끝나는 과정을, 나는 1년 넘게 붙잡고 있었다. 낯가림이 심해 사람들과 쉽게 어울리지 못했고, 학원과 홈스테이만 오가는 조용한 일상을 반복했다. 대부분의 시간을 방에 틀어박혀 보내며, 영어 실력은 더디게 늘었다. 그렇게 내 자신은 점점 더 작아져만 갔다.

한국에 돌아가기 전, 호텔 경험을 쌓고 싶어 포지션을 알아봤지만 프론트데스크는 엄두도 못 냈다. 경험을 위해서라면 어떤 포지션이든 마

 낯선 도시에서, 내게 물었다

다하지 않겠다는 마음으로 6개월간 하우스키핑 일을 시작했다. 고모에게는 걱정하실까 봐 "프론트데스크에서 일한다."고 둘러댔지만, 어느 날 세제가 손에 닿아 따갑다고 투정하다 들켜버렸다. "내가 너 청소하라고 어학연수 보낸 줄 아니?" 전화를 끊고 한참을 울었다. '왜 나는 늘 남들보다 뒤처지는 걸까?', '이 길이 맞는 걸까?' 나는 한없이 초라했다.

하지만 포기할 수 없었다. '피할 수 없다면 즐겨라.' 그 말처럼 주어진 일들을 묵묵히 해냈다. 방 하나가 완벽하게 정리된 모습을 바라볼 때면 마음이 저절로 안정되고, 작은 성취감이 느껴졌다. '누군가 이 방에 들어왔을 때도 이 편안함을 느끼면 좋겠다.' 그때 깨달았다. 서비스는 말로만 하는 것이 아니라는 것을. 말없이 공간을 정리하는 것도, 보이지 않는 곳에서 고객의 편안한 시간을 준비하는 것도 분명한 서비스였다. 그리고 나는 그걸 잘하는 사람이었다. 이 작은 경험이, 미국에서 호텔리어로 도전했을 때 나를 지탱해 준 큰 힘이 되었다. 미국인 지원자들 사이에서 나를 돋보이게 한 것은 작은 일도 소중히 대했던 태도였다.

그리고 또 하나의 도전이 있었다. 우연히 알게 된 '미국 크루즈 승무원'이라는 직업. 영어도 쓰고, 여행도 하고, 전 세계 사람들과 일한다는 사실이 두렵기도 했지만 마음 깊은 곳에서는 설렘이 있었다. "그래! 도전해보는 거지!" 그렇게 몇 번의 실패 끝에 나는 크루즈 승무원이 되었다.

하루에 3,000명 이상의 승객과 크루와 함께하는 새로운 세계가 펼쳐졌다. 다른 언어와 문화 속에서 내성적인 나는 늘 두려웠다. 아침마다 스스로에게 말했다. "피할 수 없으면 즐기자." 그 말을 다시 떠올렸다. 울고 싶은 날이 더 많았고, 그만두고 싶은 순간도 있었지만 끝내 버텨냈다. 크루즈 승무원 양성 과정에서 한 교수님조차 '수련 같은 성격으로 이 일이 맞을까?'라며 걱정하셨지만, 그럼에도 불구하고 3년간의 크루즈 생활로 나는 20여 개국을 다니며 무엇보다 값진 경험을 20대에 쌓을 수 있었다.

내가 일하던 크루즈에는 고연령층의 승객들이 많았고, 나는 이전에 중환자실에서 간호조무사로 일했던 경험 덕분인지 그분들의 속도와 마음을 이해하는 데 익숙했다. 여행의 마지막 날, 떠나시며 손을 꼭 잡고 인사하던 순간들. 나는 크루즈에서 그렇게 매번 작은 이별들을 배웠다.

그 과정에서 인생을 바꿀 인연이 시작되었다. 어느 날 한 승객에게 평소처럼 마음을 다해 서비스를 제공했다. 그 마음이 그분에게 닿았고, 그 가족의 아들과 인연이 되어 현재 나의 시어머님이 되셨다. 그 인연 덕분에 나는 평생의 동반자를 만나, 영화에서나 나올 법한 사랑을 시작할 수 있었다. 하지만 사랑과 커리어 사이에서 고민이 많았기에, 우리는 2년여의 장거리 연애를 이어가며 서로를 알아가고 기다려야 했지만 오히려 그 시간이 우리 사이를 더욱 단단하게 만들어 주는 계기가 되었다. 코로나가 터지면서 그의 진심은 나를 미국까지 이끌었고, 호주에서는 엄두도 내지 못했던 프론트데스크, 그 꿈을 미국에서 다시 꾸게 되었다.

미국 호텔의 첫 출근… 다시는 기억하고 싶지 않지만 절대 잊히지 않

　　　　　　　　　　　　낯선 도시에서, 내게 물었다

는 사건이 있었다. "Where can I find pastry?" 나는 활짝 웃으며 말했다. "Toothpaste? One moment, please!" 그리고 치약을 들고 건넸다. 순간의 정적. 머릿속이 새하얘지고, 얼굴이 화끈거렸다. 스몰토크가 일상인 미국에서, 내성적인 성향과 불안은 도움이 전혀 되지 않았다. 다른 직원들은 손님과 웃으며 대화를 이어갔지만, 나는 영어 앞에서 여전히 작아졌다.

그럼에도 나는 나만의 방식으로 손님을 맞았다. 표정을 먼저 읽고, 필요한 것을 파악하며, 과한 리액션 대신 눈을 맞추고 천천히 고개를 끄덕이며 마음을 전했다. 작은 시도도 시작했다. 하루에 한 분, 체크인 손님을 정해 짧은 메모와 음료를 객실로 보내드리는 것. 며칠 후 도착한 손 편지는 총지배인에게까지 전달되었고, 나는 이달의 사원으로 주목을 받았다.

그때 확신했다. 말이 많지 않아도 마음은 전달될 수 있다는 것을. 조용하고 내성적인 사람도 자신만의 방식으로 깊이 있는 서비스를 할 수 있다는 것을. 스몰토크가 여전히 어렵고 영어도 유창하지 않다. 그러나 조용하고 말이 적어도, 낯가림이 있어도 섬세한 사람은 깊이 있게 고객을 돌볼 수 있다는 것을 알았다.

수련꽃은 물 위에 고요하고 아름답게 떠 있지만, 그 아래 물속에서는 줄기들이 얽히고 얽혀 단단히 뿌리를 내리고 있다.

그렇게 오늘도 보이지 않는 곳에서 뿌리를 내리며, 나는 수련처럼 피어나는 호텔리어로 살아가고 있다.

2
불안은 나를 성장하게 만드는 힘

사람들은 나를 차분하고 조용한 사람이라고 말한다. 하지만 사실 내 안에서는 늘 조용한 전쟁이 벌어지고 있었다. 호텔에서의 하루는 늘 불안과 함께 시작됐다.

가장 먼저 나를 흔들었던 것은 전화였다. 전화벨이 울리는 순간 먼저 반응하는 것은 손끝도, 머리도 아닌 '심장'이었다. 얼굴을 마주하면 표정과 몸짓으로 어느 정도 의사가 전달되지만, 전화는 오로지 목소리만으로 모든 것을 해결해야 한다. 초반에는 수화기만 들어도 손이 떨렸고, 벨 소리가 터지는 순간 온몸이 긴장으로 굳었다. 어느 날 한 손님이 영수증을 요청했다. 긴 이름 스펠링을 제대로 알아듣지 못해 당황했고, 당황할수록 말은 꼬였다. 결국 내 이메일 주소를 알려드리고 메일을 보내달라고 하고서야 보내드릴 수 있었다. 퇴근 후 나는 연습을 시작했다. "A as Alpha, B as Boy, C as Charlie, D as David…" 그렇게 반복된 작은 노력이 쌓이면서 미세하게나마 자신감이 생기기 시작했다. 그래도 여전히 전화벨이 울릴 때면 어떤 상황이 펼쳐질지 모르기에 여전히 심장이 쿵 하고 내려앉곤 한다.

다음으로 나를 긴장시키는 건 대면 서비스였다. 출근길. 에스컬레이터를 타면 저 멀리 보이는 프론트데스크. 또 잠자고 있던 불안이 깨어나기 시작한다. 그럴 때마다 나는 마음속으로 외친다. "김수련! 할 수 있다. 아자아자 화이팅!" 하지만 현실은 늘 쉽지 않았다. 하루는 손님이 룸서비스를 주문하셨는데, 주문이 너무 빨라 다시 확인해야 했다. 결국 주문이 잘못 들어갔고 손님은 불만을 제기하셨다. 그 순간마다 나는 더욱 작아지는 느낌이었다. 특히 이런 날은 '이거 빼주고, 저건 추가해 줘.' 같은 까다로운 요청들만 몰렸다. '아… 집에 가고 싶다.' 하는 마음이 몇 번이고 올라왔다.

그리고 불안은 언제나 예상치 못한 순간에 가장 크게 찾아왔다. 어느 날, 한 통의 전화가 왔다. "딸이랑 몇 년 만에 만나는 건데, 혹시 커넥팅 룸으로 방 배정이 가능할까요?" 그 말의 온기가 한순간에 전해졌다. 나는 이름과 예약 번호를 적어놓았는데 하필 그날이 Fully booked(완실)이었다. 동료들은 "어쩔 수 없어. Guaranteed(보장) 고객도 아니잖아." 라고 했다. 원칙적으로 맞는 말이다. VIP를 먼저 배정하고, 방이 남을 경우에만 가능한 요청이었다. 그러나, 나는 그냥 외면할 수 없었다. 몇 년 만에 딸을 만나시는 건데 얼마나 그리우셨을까 하는 마음이 너무 느껴졌기 때문이다. 체크인 날짜가 다가올수록 가능한 객실을 수시로 확인했다.

하지만 때때로 상황은 예상대로 흘러가지 않는다. 손님이 오시는 날, 딱 하나 남았던 커넥팅룸이 "OUT OF ORDER"(사용 불가)라는 사실을 엔지니어에게 듣게 되면서 "아, 어떡하지… 곧 도착하실 텐데…"라는 생각에 사로잡혔다. 손님이 도착하시자 나는 숨을 고르고 급히 상황을 설명드렸다. 화를 내실 줄 알았는데, 오히려 손님은 내 손을 꼭 잡으시 말씀하셨다.

"네가 수련이구나. 메일에서 네 이름을 기억했어. 며칠 전부터 우리를 위해 애써준 거, 정말 감동이었다. 이 호텔은 너 같은 직원이 있다는 걸 감사해야 해." 그 말에 눈물이 핑 돌았다. 낯선 환경에서 외국인으로서 일을 한다는 것은 남들보다 늘 부족하다는 감각 속에서 지내는 일이었다. 여유 있는 동료들에 비해 나는 매일 긴장 속에서 하루하루를 버텨내야 했다. 아무도 알아주지 않는 서러움에 지친 적도 많았지만, 그럼에도 나만의 방식으로 묵묵히 걸어가다 보니 이 작은 배려가 누군가에게 얼마나 큰 감동이 될 수 있는지를 몸소 느끼는 순간이었다.

하루는 친구에게 말했다. "불안을 없애고 싶어. 나를 너무 힘들게

 낯선 도시에서, 내게 물었다

해…” 친구는 뜻밖의 말을 건넸다. “수련, 불안이 너를 얼마나 성장시켰는 줄 알아?” 그 대답에 나는 멈칫했다. 맞았다. 돌이켜보면, 불안은 늘 나를 흔들었지만, 덕분에 나는 성장할 수 있었다. 불안은 내가 넘어야 할 적이 아니라 나를 성장시키는 등불 같은 존재였다는 것을. 불안이 있었기에 준비했고, 준비했기에 성장할 수 있었다.

내향적인 성향 때문에 남들보다 더 쉽게 지치고 매 흔들렸지만, 그 성향 덕분에 더 꼼꼼히 관찰하고 더 세심하게 준비할 수 있었다. 눈에 띄지는 않았지만, 보이지 않는 곳에서의 섬세한 준비가 서서히 상사와 동료들에게 인정받기 시작했다. 그렇게 나는 내가 사는 지역에서 규모가 가장 큰 호텔로 이직하게 되었고, 승진의 기회도 얻게 되었다.

백오피스에서 일하게 되면서 사람들과 직접 마주하는 일은 줄었다. 나는 앞에서 빛이 나는 사람이기보다는 보이지 않는 자리에서 섬세하고 담담하게 준비하는 일이 동료와 고객들에게 큰 만족과 감동을 준다는 것을 깨닫게 되었다. 그렇게 나는 나 자신을 한층 더 알아가게 되는 계기도 되었다. 남들보다 실수도 많았고 오래 걸렸지만, 나의 속도로 조용히 걸어왔고, 불안과 마주하며 준비해 온 과정이 결국 지금의 자리까지 나를 데려왔다.

그렇게 불안은 나를 성장하게 만들어 주는 힘이 되었다.

3
멈춤은 나를 다시 자라나게 하는 시간

호텔에서의 하루가 끝나면 몸과 마음이 동시에 쓰러질 듯 지쳐 있었다. 겉으로는 미소를 유지했지만, 퇴근 후 가장 먼저 떠오르는 것은 '오늘 실수는 없었나?', '내일 또 이런 일이 생기면 어떡하지?'라는 자책이었다. 영어가 들리지 않는 순간이면 온몸이 굳어버렸고, 불안은 생각을 끝없이 증폭시켰다. 하루하루가 긴장과 조용한 걱정으로 뒤엉켜 있었다.

돌아보면 이런 마음의 소란은 오래전부터 내 안에 자리 잡고 있었다. 호주 어학연수 첫날, 두려움을 누르고 포시즌스 호텔에 이력서를 넣던 순간이 떠올랐다. 롯데호텔 연회장에서 처음 외국인 손님을 응대하던 떨림. 청와대에서 대통령을 서빙하던 긴장감. 크루즈 승무원 면접의 심장이 요동치던 순간과, 유일한 한국인 승무원으로 지내야 했던 날들의 고독함. 차 없이는 어디로도 갈 수 없던 미국 생활, 영어가 되지 않아 울며 책상 앞에 앉았던 밤들까지… 나는 늘 '해내고 싶은 마음'과 '넘어질까 두려운 마음' 사이에서 흔들리는 사람이었다.

어느 날, 정신없이 근무를 마치고 집에 돌아왔을 때였다. 온몸이 긴장으로 굳고, 가슴이 조여 오는 압박감 속에서 단 5분이라도 숨을 고르고 싶어 눈을 감고 호흡에 집중했다. 처음엔 그저 많은 사람들이 한다기에 가볍게 따라 해본 루틴이었다. 그러나 눈을 감는 순간, 마음이 평온해지기는커녕 감춰두었던 감정들이 한꺼번에 밀려왔다. 오늘의 실수, 손님의 표정, 들리지 않았던 문장, 미소 뒤에 지쳐 있던 내 얼굴까지….

시간이 흐르고, 명상의 순간들이 조금씩 쌓이자 마음 깊은 곳에서 아주 작은 고요가 올라왔다. 마치 누군가가 실타래를 천천히 풀어주는 듯, 뒤엉킨 감정들이 호흡의 리듬에 맞춰 정리되는 느낌이었다.

그때 깨달았다. 멈춤은 게으름이 아닌, 나를 다시 세우는 시간이라는 사실을.

평소 나는 운전 중에도, 집안일을 하면서도, 산책할 때도 늘 무언가를 듣거나 생각하는 사람이었다. 그러나 '그저 나를 마주하는 시간'은 전혀 새로운 세계였다. 명상과 함께 글쓰기도 나에게 또 다른 멈춤이 되었다. 하루에 몇 줄이라도 내 감정을 써 내려가다 보면 마음이 놀랍도록 가벼워졌다. 불안, 서운함, 작은 기쁨, 감사까지, 글이 되는 순간 감정은 더 이상 나를 흔드는 것이 아니라, 나를 이해하는 단서가 되었다.

예전의 나는 실수 하나에도 하루 종일 나 자신을 몰아붙이곤 했다. 불안은 없애야 할 감정이라고만 생각했고, 그래서 피하고 숨기느라 오히려 더 힘들었던 시기도 있었다. 하지만 멈추는 연습을 시작한 후, 실수와 불안은 더 이상 '내가 부족하다는 증거'가 아니라 '잠시 멈추고 다음을 준비하라는 신호'로 보이기 시작했다. 모닝 루틴을 통해 불안이 나를 몰아세우는 감정이 아니라, 방향을 점검하라는 신호라는 걸 알게 되었기 때문이다. 왜 이 감정을 느끼는지 스스로에게 질문하기 시작하자, 불안은 나를 괴롭히는 존재가 아니라 잠시 멈춰 서서 나를 바라보게 하는 힘이라는 걸 깨닫게 되었다. 불안은 여전히 찾아오지만, 이제는 그 감정을 밀어내지 않고 잠시 바라볼 수 있게 되었다. 그 차이가, 나의 하루를 완전히 바꾸어 놓았다.

요즘 나의 하루는 작은 루틴으로 시작된다. 기도와 묵상, 명상, 스트레칭, 모닝페이지, 감사 일기로 아침을 열고, 일정이 있는 날은 저녁 루틴으로 하루를 정리한다. 이 시간들은 나를 단단히 세워주는 기둥 같은 존재다.

호텔에서 배운 '작은 디테일의 힘'이 이 루틴에서도 그대로 작동한다. 작은 준비가 큰 차이를 만든다는 것을 몸으로 배우는 중이다.

그리고 어느새 4년째 함께하고 있는 '책인북클럽' 역시 내게 큰 성장의 기회를 주었다. 해외에 거주하는 한인들을 대상으로 매달 정해진 분야의 책을 읽고, 정해진 질문에 따라 한 달에 한 번 줌으로 모이는 북 모임이다. 책을 중심으로 만나 각자의 생각과 경험을 나누는 과정에서, 스스로를 돌아보고, 다른 사람의 시선과 생각을 존중하며, 조용히 단단해지는 법을 배워간다. 이러한 과정들이 쌓이면서 자연스럽게 더 큰 미래를 바라보는 눈도 생겼다.

이렇게 오늘도 나는 나만의 속도로 걷는다. 수련처럼 피어나는 호텔리어로, 불안 속에서 성장하고, 멈춤 속에서 다시 자라나는 사람으로.

이 글이 나처럼 내향적인 사람들에게 작은 용기가 되길 바란다. 조용하지만, 스스로 안에서 단단해질 수 있음을 믿는다. 나 자신에게도, 그리고 이 글을 읽는 당신에게도 응원을 보낸다.

김연신

"클래식으로 삶을 연주하다"

미국 거주 33년 차, 엘에이 거주 17년 차
클래식 뮤직텔러

클래식 음악으로 삶을 이야기하는 뮤직텔러. 연주가 전부였던 피아니스트의 시간을 지나, 육아로 잠시 음악과 멀어졌다. 낯선 땅에서 엄마이자 아내로 살아가며 잃었던 '나'를, 클래식 선율 속에서 다시 만났다. 이제는 무대 위 피아노 대신 사람들의 마음속에서 이야기를 연주한다. 삶의 리듬이 엇박으로 흔들릴 때, 음악이 건네는 따스한 온기를 함께 나누고 싶은 사람이다.

Q1. **피아노 앞에서, 무대 위에서, 그리고 일상의 자리에서든, '나'를 지키기 위해 가장 중요하게 여긴 것은 무엇인가요?**

제가 가장 중요하게 지켜나간 건 날마다 내게 주어진 일을 성실하게 마무리하자는 다짐이었어요. 제게 그런 성실의 자세를 가르쳐 준 것이 음악이죠. 다섯 살부터 매일매일 조금씩 연습해야 성장할 수 있다는 걸 몸으로 느끼게 해준 게 피아노거든요. 음악을 아는 삶을 살게 되어서 감사한 마음입니다.

Q2. **오랜 시간 연주를 멈췄던 그 시절, 그 공백 속에서 '나'를 잃었다는 감정은 어떤 모습으로 다가왔나요?**

내가 아닌 '엄마'의 역할만 생각했던 것 같아요. 학교 다닐 때 모범생이었던 것처럼 모범 엄마가 되어야 한다는 강박이 있었는지도 모르겠네요. 당시에는 엄마 성적표를 잘 받는 줄 알고

'나'를 잃었다는 생각조차 하지 못하는 최면 상태였지요. 딸의 입시를 마친 후 엄청난 각성과 함께 10년 넘은 최면 상태를 회복 중입니다.

Q3. **다시 음악을 붙잡게 된 계기로 '임윤찬의 연주'를 이야기하셨죠. 어떤 울림이 당신 안에서 깨어났나요?**

윤찬 님 음악을 처음 접했을 때, 그 어떤 것도 두려워하지 않는 자유로움과 자신이 표현하고 싶어 하는 것에 진심이라는 느낌을 받았어요. 그래서 그의 음악이 마음에 깊이 다가왔고 저도 저의 감정과 느낌을 세세히 구체적으로 표현해 보고 싶은 충동을 느꼈죠. 음악을 통해서요. 감정을 표현하는 데 음악은 제게 가장 편하고 친근한 매체니까요.

Q4. **연주자에서 '뮤직텔러'로 변화한 지금, 음악을 대하는 당신의 시선은 어떻게 달라졌나요?**

조금 더 편안해졌어요. 연주자였을 때는 항상 신경이 곤두서 있었죠. 더 예민하고 세밀한 감정을 가지려고 노력하기도 했고요. 왠지 예술가는 그래야 할 것만 같아서. 지금은 연주를 듣고 평가하려 들지 않아요. 어떻게 하면 저런 연주를 할까 돋보기 들고 달려들지도 않고. 그냥 맛있는 밥상을 앞에 둔 것처럼, '여기 맛있는 음악 있어요.' 하고 사람들 불러 모아 같이 즐기고 싶은 마음입니다.

Q5. **지금의 당신에게 '나다운 삶'이란 어떤 의미인가요?**

클래식 음악 같은 삶이요! 다양한 시대, 환경의 사람들에 따라 다채로운 모습으로 감동을 주는 클래식 음악처럼 살고 싶어요. 사람들과 마주 앉아, 서로 좋아하는 음악 이야기를 나누며 함께 클래식의 즐거움을 누리는 지금이 가장 '나다운 삶'인 것 같아요.

1
10년 넘어 다시 만난 나

하나밖에 없는 딸의 고등학교 졸업식이 끝난 날, 나는 묘한 허탈감에 휩싸였다. 커리어를 내려놓고 육아에 몰입했던 지난 시간, 극 내향인 특유의 쥐꼬리만 한 에너지로 알파맘 흉내를 내느라 완전히 방전된 상태였다. '우리 딸은 대학 가는데 나는 이제 뭐 하지?' 목표를 잃어버린 나는 마음 둘 곳이 없었다. 생기라고는 하나도 없는 유령 같은 얼굴로 SNS 속을 무의미하게 떠돌았다.

그러던 어느 날, 우연히 대학 친구가 올린 페이스북 글에서 '임윤찬'이라는 이름을 보았다. 이름은 들어봤지만, 그의 음악을 찾아 들어본 적은 없었다. 친구는 그의 중학생 시절 연주를 듣고 감동해 눈물을 흘렸다고 했다. '뭐 이렇게까지… 애가 그렇게 대단해?' 하는 호기심에 그의 연주 영상을 클릭했다. 그 순간, 뒤통수를 한 대 맞은 듯한 울림이 시작되었다.

클래식을 멀리한 지 10년이 훌쩍 넘었다. 마음을 접게 된 결정적인 날이 있었다. 딸이 유치원에 들어가기 전, 다른 아이 피아노 레슨을 하다 교통 체증으로 어린이집 픽업 시간보다 20여 분 늦게 도착한 날이었다. 선생님이 옆에서 아무리 어르고 달래도, 엄마 오는지 봐야 한다고 창문에 들러붙어 눈물 그렁그렁한 채 아이는 서럽게 울고 있었다. 그 모습을 본 순간, 나는 알았다. 남들처럼 할머니도, 할아버지도 없는 미국 땅. 가족이라고는 엄마, 아빠밖에 없는 상황에서, 그렇지 않아도 멀티 태스킹이 안 되는 이 엄마는 마음을 딱 접어버렸다. '그래, 여기까지야. 아이가 우선이지.'

그렇게 피아노와 슬슬 멀어지다 보니 접점이 점점 없어지고, 내가 음악 전공자라는 걸 어디 가서 말하는 것도 부담스러워졌다. 음악 박사 학위까지 받은 사람이 뭐 하고 있냐는 질문 앞에서 나는 바람 빠진 풍선처럼 쪼그라드는 느낌이었다. 내가 선택한 길이었지만, 계속 음악 활동을 하고 있는 동료들을 생각하면 괜한 자격지심이 자꾸만 고개를 디밀었다. 그래서 일부러 더 관심 없는 척했다. '나는 이제 음악과 상관없는 사람이야.'라고 스스로를 세뇌하며 10년 넘는 시간을 보냈다.

임윤찬의 음악을 만났던 그날 밤, 나는 폭풍 오열했다. 내가 애써 꽁꽁 싸매 놓았던 음악에 대한 그리움이 봇물 터지듯 터져 올랐다. '그래, 이거지. 나 이거 좋아했잖아.' 아름다운 음악, 진심이 담긴 소리에 매료되었던 어린 시절의 내가 떠올랐다. 딸과 동갑인 그 청년의 진심 앞에

낯선 도시에서, 내게 물었다

서, 무심한 척, 아무렇지도 않은 척했던 내 마음의 빗장이 완전히 열려 버렸다. 그날 밤을 꼴딱 새웠다. 그의 연주를 보고 듣고, 내 마음은 부풀었다가 시리다가 포근해졌다. 음악에 완전히 빠져 버렸다. 다시 클래식이 듣고 싶고, 보고 싶고, 만지고 싶었다.

몇 년 전 아파트로 이사하면서 교회에 팔아버린 내 그랜드 피아노가 그때 처음으로 그리워졌다. 박사 학위 마친 기념으로 친정아버지가 사 주신 야마하 C3. 관능적인 자태를 뽐내던 그 아이를 7~8년간 나 몰라라 하고 방치하다 결국 팔아버렸다. 이사 가는 아파트에 둘 수 없는 상황도 있었지만, '이제 그랜드 피아노와는 끝이야.'라는 마음도 있었다. '이렇게 손 놓고 있었는데 내가 뭘 더 할 수 있겠어.'라는 자괴감도 한몫했고.

그렇게 이별했던 그 아이가 미치도록 보고 싶어졌다. 다시 피아노를 쳐보고 싶은 생각이 굴뚝처럼 솟아올라 손가락이라도 돌려 보자는 마음에 당장 코스트코로 달려갔다. 88건반 디지털 피아노를 혼자 낑낑거리며 들고 집에 왔다. 세팅하고 건반에 손을 올린 순간, 혈관을 타고 흐르는 짜릿함이 전해졌다. '맞아! 나 이거 하던 사람이잖아.' 비어 있던 직소 퍼즐이 맞춰지는 느낌이었다.

딸이 대학으로 떠난 후, 남편이 출근하고 나면 나는 거의 12시간 넘게 혼자 지냈다. 혼자 밥을 먹고, 혼자 책 읽고, 혼자 유튜브 보고, 혼자 청소하고, 혼자 설거지를 했다. 우리 집은 그야말로 빈 둥지, 그 자체였다.

울적하고 외롭고 쓸쓸하고… 이른바 '빈 둥지 증후군'이라 불리는 모든 감정이 내게도 스멀스멀 올라왔다.

하지만 나는 실오라기 같은 하나의 끈을 붙잡기 시작했다. 내가 좋아하는, 내게 없어서는 안 되는 음악. 음악을 듣고, 보고, 만지고, 즐기고, 나누기로 했다. 유튜브로 좋아하는 음악가의 연주 영상을 찾아보고, 피아노 연습을 하고, 클래식 음악책을 읽기 시작했다. 마음이 훈훈해지고 따뜻해지는 느낌이 들었다. 텅 비어 있던 마음이 조금씩 채워지는 듯했다. 그동안 돌아보지 않았던 '나'라는 사람! 내가 내 마음을 알아주고 이해해 주고 보듬어주지 않았던 시간이 아까웠다. 지금이라도 나를 찾아 꼭 안아주고 예뻐해 주고 싶었다. '너 하고 싶은 것 마음껏 해!'라고 응원해 주고 싶었다. 오랜 시간을 돌아 다시 찾은 내 사랑을 어떻게든 붙잡아 행복하게 살고 싶어졌다. 음악이 주는 기쁨을 아는 삶이 내게 얼마나 중요한지 사무치게 깨달았다.

이제 나는 알고 있다. 내가 뭘 해야 행복한지. 빈 둥지에서 날아오르는 연습을 해본다. 날개를 활짝 펼칠 수 있도록.

음악이 나를 다시 연주한다는 생각에 빙그레 입가에 미소가 떠오른다.

                                      낯선 도시에서, 내게 물었다

2
무대 위에서 찾은 새로운 길

조명이 켜진 무대 위, 사회자의 목소리가 내 이름을 부른다. 떨리는 다리를 이끌고 무대에 오른다. 목소리는 더 떨리지만, 이내 아무렇지 않은 척 능구렁이처럼 입을 연다.

"안녕하세요, 여러분. 저는 음악으로 삶을 이야기하는 뮤직텔러 빠삐짱(활동명)입니다. 클래식 음악을 소개하고 알리는 일을 하고 있어요."

수백 번 연습한 자기소개 말. 이제는 자다가도 옆구리를 쿡 찌르면 자동으로 튀어나올 것 같다. 심호흡으로 마음을 가다듬고 오늘 소개할 음악과 이야기에 집중한다. 청중의 호응이 좋으면 언제 떨렸냐는 듯 신이 나서 농담을 섞어가며 클래식 뒷이야기를 풀어낸다. 이 일을 시작하기 전에는 나도 몰랐다. 내가 이렇게 마이크를 좋아할 줄, 사람들 앞에서 이토록 말이 많아질 줄.

피아노와 멀어지고 나서, 음악과 관련된 일은 다시는 못할 거로 생각했다. 고작 떠올린 것이 아이들 피아노 레슨이었는데, 솔직히 말하자면 나는 아이를 잘 다루지 못한다. 천성이 참을성이 없는 데다, 시끄럽고 산만한 상황을 견딜 인내심이 턱없이 부족하다. 맑고 순수한 아이들의 해맑은 행동을 아름답게 받아들이지 못하고, 속에서 천불이 나는 것을 억지로 참으며 미소 짓느라 늘 힘들었다. 다시는 하고 싶지 않았다. 나도 불행하고 아이들도 불행한, 그런 레슨.

그렇다면 10여 년간 경력이 단절된 클래식 전공자가 낯선 미국 땅에서 무엇을 할 수 있을까? 굳어버린 손가락으로 전문 연주자로 나설 수도 없고, 교회나 성당 반주자처럼 주말에 매이는 직종은 신심이 부족한 내게 언감생심이다. 연주도 안 되고 레슨도 싫고. 완전히 길을 잃어버린 느낌이었다. '대체 뭐냐고. 넌 뭘 할 수 있냐고.'

그러다 꿈공방(해외 한인을 위한 온라인 플랫폼)에서 여러 독서 모임에 참여하면서, 마음속에서 꿈틀거리는 무언가를 발견했다. 인문학, 그림, 글쓰기. 다양한 분야의 책을 읽고 이야기 나누는 시간이 너무 재미있었다. 그리고 깨달았다. '어라, 나도 할 이야기가 많잖아?' 클래식 음악 이야기라면 밤을 새워도 모자랄 텐데. 작곡가와 연주자의 뒷이야기, 클래식 곡에 얽힌 다양한 에피소드. 멍석만 깔아주면 줄줄이 펼쳐질 이야기가 끝도 없다. 이런 이야기라면 누가 시키지 않아도 온종일 이야기할 수 있을 것 같았다. '왜 이런 생각을 못 했을까?'

내게 클래식 음악이란 언제나 '연주' 그 자체였다. 깊은 고뇌와 뼈를 깎는 연습으로 완벽하게 해내야 하는 것. 물론 이론적으로도 음악을 공부하고 연구했지만, 항상 내 정체성은 '피아니스트'에 고정되어 있었다. 특히 피아노 음악을 들을 때는 마음을 놓고 즐기지 못했다. 그저 틀리면 안 되고, 빠른 곡은 더 빨리, 느린 곡은 느린 곡대로 한 치의 흔들림도 없이 연주해야만 하는 그런 대상으로 느꼈을 뿐이다. 그런데 한 발짝 떨어져서 편안하게 듣고 바라보니, 이것처럼 아름다운 것이 없었다. '연주자'라는 정체성의 무게를 내려놓으니, 음악이 내 마음에 별처럼 와서 콕콕 박혔다. '이렇게 좋은 걸 나만 알고 있을 수는 없잖아.' 함께 나누고 싶은 마음이 모닥불처럼 피어올랐다.

신기한 건, 연주할 때와 강연할 때, 떨림의 무게가 다르다는 거다. 연주할 때는 악보를 잊을까 두려움에 사시나무 떨듯 떨었다. 연주 생활을 접고 육아를 하는 동안에도 피곤하거나 힘들 때면, 무대에서 연주하다 갑자기 멈춰 얼음처럼 굳어버리는 꿈을 꾸곤 했다. 그만큼 나에게 무대는 매혹적이면서도 공포스러운 곳이었다. 하지만 뮤직텔러로서 이야기하러 무대에 나섰을 때는 그다지 떨리지 않는다. 아마도 말은 하다가 틀리면 다시 해도 되고, 머릿속이 까매져도 치매가 아닌 이상 한국말을 잊어버릴 일은 없다는 느긋한 마음 때문인 것 같다. 게다가 연주할 때는 청중이 보이지 않아 나만의 세계에서 분투하는 외로운 느낌이었지만, 강연할 때는 청중의 반응이 보인다. 그들의 미소와 고개를 끄덕이는 호응에서 에너지를 받는다. 물론 기운을 빠지게 하는 무표정한 청중도 있다. 예전의 나였다면 그 침묵이 두려웠겠지만, 이제는 그조차도 무대의 한 부분으로 받아들이는 나름의 여유가 생긴 듯하다.

허전한 마음에 뭐라도 붙잡고자 시작한 독서 모임. 그곳에서 나는 음악을 즐길 수 있는 새로운 방법을 찾았다. 클래식 음악을 사랑하는 방법에는 다양한 길이 있다는 걸 알게 됐다. 내가 그토록 오랫동안 함께해 온 클래식 음악이 쓸모없고 헛되지 않았다는 깨달음도 얻었다. 전업주부가 된 이후 매번 후회하던 '클래식 음악 전공자'라는 정체성에 자부심까지 느끼게 됐다. 화려하게 스포트라이트를 받는 피아니스트 혹은 유명 대학 피아노 교수가 아니면 어떤가. 나는 오늘도 피아노 대신 마이크를 들고 신나게 한바탕 떠들 준비가 되어 있다.

"자자, 어서 와. 클래식은 처음이지?"

3
웰컴 투 '살롱드빠삐짱'

2024년 11월의 어느 토요일 저녁, 나는 크리스마스트리가 반짝이는 강남의 한 파티 룸에 서 있었다. 와인과 샤퀴테리, 은은한 조명, 그리고 음악까지, 모든 것이 완벽하게 세팅된 공간. 오랫동안 준비해 온 새로운 실험을 드디어 펼치는 순간이었다.

'피아노 대신 마이크로, 어렵고 지루한 클래식은 버리고, 재미있고 친근한 클래식을 전하겠다.'

창대한 포부와 부푼 마음을 안고 시작한 '살롱드빠삐짱'의 첫날. 설렘과 떨림, 흥분과 걱정이 뒤섞인 채 나는 이리저리 분주하게 방 안을 서성이고 있었다. 그동안 나를 응원해 준 사람들, 그리고 그들을 믿고 따라와 준 낯선 이들까지, 삼삼오오 테이블에 둘러앉은 그들이 나를 주목하기 시작했다.

오늘의 주제는 '와인과 클래식'이다. '클래식이 어렵다고요? 그럼, 술

한잔하며 친해져 보시죠.' 사실 우리의 위대한 음악가 중에는 와인을 사랑한 이들이 매우 많다. 베토벤, 브람스, 베르디, 로시니. 이름만 들어도 고개가 끄덕여지는 거장들의 지극히 인간적인 '와인 사랑' 이야기라면, 클래식에 눈길 한번 안 주던 사람의 마음도 돌릴 수 있지 않을까.

시작은 역시 가장 저명한 음악의 성인 베토벤, 그가 사랑했던 리즐링 와인으로 건배를 외치고, '바쿠스의 축제'라는 부제가 붙은 교향곡 7번 4악장을 들려주었다. 음악과 와인이 어우러지며 축제를 여는 오프닝으로 안성맞춤이었다. 다음은 브람스, 역시 리즐링 애호가인 그의 음악 중에서 교향곡 3번 3악장을 골랐다. 영화 〈이수(Goodbye again)〉에 사용되어 너무나 유명해진 그 선율이 울려 퍼지자, 한창 고조되었던 공간의 분위기가 한 템포 쉬어가는 잔잔한 분위기로 바뀌었다. 영화 〈이수〉에서 연상녀인 잉그리드 버그만을 좋아하는 앤서니 퍼킨스의 애틋한 마음이, 평생 스승인 슈만의 아내, 클라라를 마음에 두고 있던 브람스와 교차하면서 그렇지 않아도 스위트한 리즐링 와인의 맛을 극한의 달콤함으로 끌어올리는 듯했다. 이어 베르디의 오페라 〈라 트라비아타〉 중 '축배의 노래'로 다시 한번 모임의 흥을 고조시키고, 마지막으로 로시니의 〈윌리엄 텔 서곡〉 중 '새벽'으로 알프스의 안개가 걷히듯, 나의 첫 번째 살롱이 차분하게 막을 내렸다.

준비한 이야기를 모두 끝내고 손님들과 감상을 나누는 순간, 나는 지

　　　　　　　　　　　　　낯선 도시에서, 내게 물었다

금껏 느껴보지 못한 깊은 감동을 경험했다. 그것은 연주 무대에서는 한 번도 느낄 수 없었던 종류의 감흥이었다. 무대에서 나는 피아니스트로서 내가 느낀 음악의 아름다움을 청중에게 일방적으로 '전달'하려 애썼다. 하지만 청중의 솔직한 반응이나 감상을 들을 기회는 별로 없었다. 그저 '좋았어요.'라고 별 뜻 없는 덕담을 해주는 지인이나 음악계 사람들의 평가만 들어봤을 뿐. '템포가 어땠고, 프레이징은 이렇게 하는 게 나았을 텐데…' 같은 전문가들의 날카롭고 예리한 비평에만 일희일비했다.

하지만 살롱드빠삐짱은 달랐다. 내가 전하고 싶은 이야기를 말로 구체적으로 설명할 수 있었고, 청중의 반응이 즉각적으로 되돌아왔다. 그들이 어디에 공감하는지, 어디에 의문을 품는지 바로바로 알 수 있었다. 서로 주고받는 대화 속에서 내가 전하고자 했던 음악의 아름다움이 좀 더 구체적으로 가닿는 느낌이 들었다. 그들이 말없이 고개를 끄덕이는 순간, 설명할 수 없는 울림이 내 가슴 깊은 곳을 건드렸다. 마치 음악으로 우리의 마음이 함께 울리는 순간 같았다. 누군가의 눈가가 조용히 젖어가는 것이 보였다.

'음악의 힘이란 이런 것이구나.' 마음속 깊은 곳에서 우러나오는 진심은 다른 이의 감정을 충분히 움직일 수 있다는 걸 깨달았다. 나 홀로 음악의 아름다움을 누리는 것이 아니라, 함께 느끼고 함께 울고 웃는 일, 그렇게 더불어 울림을 주고받으며 공명하는 일, 그 일이 내게는 큰 의미이자 따뜻한 위로로 다가왔다.

화려한 무대 위에서 완벽한 연주를 해내야 했던 '피아니스트'로서의 내가 아니라, 작은 공간에서 사람들과 눈을 맞추고 이야기로 마음을 나누는 '뮤직텔러'로서의 나. 내가 진정 사랑하는 클래식을 '함께' 누리고 '공명'하고 있는 지금, 나는 더없이 또 누구보다 행복한 사람이다. 어쩌면 함께 울고 웃는 이 공간이야말로, 오랫동안 내가 찾아 헤매던 나의 자리였을 듯!

김미진

"천천히, 나무처럼 살아가다"

한국 제주 거주 10년 차
파라택소노미스트

'세상 모든 사람들이 자기만의 신화를 가지고 있다'는 사실을 믿고 있다. 자기만의 신화를, 자신의 목소리로 쓸 수 있다고 생각한다. 자신과의 대화를 책 읽고, 필사하며, 생각을 적어 내려가는 '오직 나를 마주하는 글쓰기'로써 실천하고 있다. 아버지 고향은 제주, 어머니 고향은 서울, 경기도 하남에서 38년간 살고 자라고 제주로 이주한 지 10년 차이다. 경기도에 산 삶보다 제주에 살게 될 삶이 더 길 것 같다. 서울에서 보지 못했던 나무, 풀들 그리고 매일 마주하지만 매번 다른 매력을 보여주는 하늘. 제주에서 산다는 것은 삶의 아픔을 색다름으로 채우며 시간을 걷는 일이다.

Q1. **제주라는 공간에서, '나'를 지키기 위해 가장 중요하게 여긴 것은 무엇인가요?**

제주로 이주한 뒤, '진정한 나를 찾는 일'이 가장 중요했어요. '잠시 멈춤'이 결코 뒤처짐이 아니라는 것을 배웠습니다. 식물을 보며 숨을 고르는 시간을 가지면서 '내가 여기 있다.'라는 것을 알았어요. 모진 삶 속에서도 글을 쓰고, 그림을 그리고 식물을 공부하는 일상을 살고 싶어요. 내 삶의 중심은 '진정한 나'입니다.

Q2. **제주로 이주하면서, 그 시간 속에서 당신을 가장 단련시킨 것은 무엇이었나요?**

제주에서의 시간은 저에게 '새로움'을 알려주었어요. 불규칙함 속에서 새로움을 느꼈지요. 정해진 순서만이 전부가 아니었어요. 정해진 답이 전부가 아니더라고요. 흐름은 언제나 바뀔 수 있었고, 마음은 새로운 해답을 찾아 움직였어요. 정답이 아닌 해답은 ‘마음의 흐름을 믿는 법’을 길러줬습니다.

Q3. **당신의 글에는 ‘무채색의 시간’과 ‘파랑 제주’가 자주 등장하는 데, 그 색의 변화는 당신의 삶에서 어떤 치유를 의미하나요?**

제주에서의 시간은 무채색이었던 저의 시간 안에 묻힌 ‘잃어버린 빛’을 찾는 과정이었어요. 어두움 속에 갇혀 있는 저의 감정과 꿈과 삶이 ‘끝났다’ 생각했지만, 그 안에 빛나는 제 모습이 고스란히 숨어 있음을 알게 되었습니다. 무채색에서 ‘파랑’으로 이어진 변화는 결국, 저를 다시 사랑하게 된 ‘파란’의 시간이 되었습니다.

Q4. **지금의 당신에게 ‘익어간다’는 것은 어떤 의미인가요?**

익어간다는 것은 하루아침에 완성되지 않음을 말합니다. 세상의 기준 앞에 당당하게 ‘하지 않겠다.’를 선언하는 것이었습니다. 나는 나의 기준이 있고, 속도가 있고, 방향이 있다고 말하는 것이지요. 아직은 미완이지만, 그래서 더 나아갈 수 있어요. 저는 오늘도 조금씩 익어가고 있습니다.

Q5. **지금의 당신에게 '나다운 삶'이란 어떤 의미인가요?**

'나다움'이란 타인의 시선보다 마음이 고요해지는 방향으로 걸어가는 일이에요. 제 안의 리듬을 따라 자연스럽게 살아가는 일이에요. 흔들려도 제자리를 찾는 풀잎처럼, 깊은 파랑을 품은 바다처럼, 변화를 받아들이며 더 깊어지는 청록색 바다 닮은 모습이 '나다움'입니다.

1
헤맨 길도 길이 되기를

치마마저도 검은색을 입었던 어린 시절 사진 속 나는, 파란 티셔츠에 갈색 바지를 입은 모습이었다. 누가 봐도 잘생긴 아들이었다. 오빠와 남동생 사이에 낀 외동딸이었지만 나의 옷은 언제나 무채색이었다. 그냥 그랬기 때문에 그랬던 시간이 흘렀고, 마흔의 중반에도 여전히 친정엄마에게 듣는다.

"너는 어렸을 때부터 분홍색이 어울리지 않았어."

오빠가 심한 병치레를 했다. 폐렴으로 죽음의 문턱까지 갔던 오빠를 살리기 위해, 부모님은 남동생을 낳았다. 나는 남자 형제 둘 사이에 낀 둘째가 되었다. 지금 생각해 보면, 세 아이를 키우며 늦깎이 대학생인 아버지를 뒷바라지하던 어머니에게 딸 옷을 따로 사는 것은 사치였을 것이다. 함께 입히는 것이 생활비를 아끼는 방법이었을 것이다.

초등학교 시절, 두 칸짜리 지하 셋방에 살았다. 안방은 부모님이, 작은 방은 남자 형제 둘이 쓰는 공간이었다. 방이 없는 나는 화장실과 주방을 이어주는 좁은 복도, 식탁 밑에서 잠을 청했다. 새벽에 화장실 가는 식구들의 발에 머리카락이 밟혀도 낑 소리 한 번 내고는 다시 잠을 청해야 했다.

친정엄마의 암 투병으로 이후 살림은 모두 내 몫이었다. 아버지의 와이셔츠 다림질부터 오빠 교복, 남동생 실내화 빨래까지 중학교 1학년인 내가 감당해야 했다. 엄마의 빈자리를 채우느라 하루가 어렵게만 지나갔다. 어느 날 배가 고파 달걀프라이를 하려 했다. 음식 만드는 일에 서툰 나는 달걀 세 개를 한꺼번에 요리할 수 없었다. 하나씩 차례대로 달걀프라이를 하다 보면 첫 번째는 오빠 것이 되었고, 두 번째는 남동생 것이었다. 마지막 달걀프라이를 밥상 위에 올려두고 뒷정리를 하는 사이, 두 형제는 반반씩 나누어 먹었다. 아무것도 남지 않았다. 나빠진 기분으로 다시 만든다 해도 내게 돌아오지 않을 것 같았다. 먹어도 체할 것 같았다. 배고픔을 참기로 했다.

그 시절 나에게 남자 형제들은 모두 약탈자에 불과했다. 고등학생이 되었을 때, 부모님의 다툼이 너무 힘겨워 극단적인 선택을 했다. 수면제를 먹고 또 먹었다. 새벽까지 수십 알을 삼켰다. 사람은 그렇게 쉽게 죽지 않는다는 것을 알았다. 토하고 또 토하고 동틀 무렵이 되어 병원에 가게 되었다. 신장까지 스며든 약을 씻어내기 위해 위세척을 하자 초록빛 액체가 뿜어져 나왔다. 그날 저녁 대학생인 오빠는 만취한 상태였고,

 낯선 도시에서, 내게 물었다

남동생은 그런 형과 함께 병원에 들렀다. 두 사람이 한 말은 고작 '고맙다.'였다.

남자 형제들은 너무도 비겁했다. 살고 싶다는 의지조차 가질 수 없었다. 그저 어제도 살았으니 오늘도 살아야 하고 내일도 살아야 한다는 무거운 관성 위에 위태롭게 서 있었다. 내가 누구인지 무엇을 할 수 있는지 고민할 여유가 없었다. 상처를 돌보아야 하는 사실을 알지도 못했고, 그저 숨을 쉬는 데 모든 힘을 쏟고 있었다. 어떻게 버텼냐고, 왜 버텼냐고 묻는다면 나는 그저 알지 못하는 어둠과 두려움을 피하려 웅크리고 있었다고 말할 수 있다.

피하지 못한 기억은 드문드문 남아 있고, 안개 속에 가린 것처럼 희미하다. 찾아보려 할 때마다 고통의 유리 조각이 되어 나에게 상처를 남긴다. 어쩌면 너무 아파서 내 마음이 스스로 그 기억을 지워버렸을 수도 있다. 기억의 공백은 내가 견뎌온 고통의 크기를 말해준다. 대학생이 되어서 아버지와 같은 전공을 선택한 나에게 아버지는 늘 말했다. "네가 아들이었어야 했는데…" 돌아가시는 해까지, 여전히 아들이 아님을 서운해했다. 이미 아들 둘이 있음에도 아버지는 내가 아들이길 바랐다. '아버지, 성별은 내가 선택한 것이 아니잖아요.'

반복해서 들을 때마다 더 힘겨웠다. 오빠는 나에게 욕을 퍼부으며 말했다. 누나처럼 굴지 말라고. "그럼 네가 오빠 몫을 하면 되잖아."라고 대꾸했다. '그래, 너도 힘들겠다. 아들이지만 아들로 인정받지 못하니.' 비겁하고 약탈자 같았으며, 불행을 함께한 남자 형제들과 인연이 끊어진 지 오래다.

내가 애써 찾지 않음은 아버지로부터의 해방과 나의 자유를 지키고자 하는 선택이다. "네가 아들이어야 집도 주고 차도 지원해 주지." 아들들 사이에 하나밖에 없는 딸임에도 예쁜 고명 취급은 바라지도 않았다. 다만 존재를 부정당한 감각이 나의 삶 전체를 무채색으로 칠해버렸다. 무채색으로 살아온 삶이 버거워 하나하나 뜯어내고 닦아내지만, 바닥에 눌어붙은 촛농처럼 긁어도 긁어도 자국이 남았다. 남은 촛농을 무엇으로 따뜻하게 녹여내 자국 없이 지울 수 있을까. 나는 길을 잃고 헤매고 있다. 나의 헤맴은 극복의 의지처럼 보이지 않는다. 그저 벼랑 끝에서 떨어지지 않으려 손가락에 힘을 주고 있는 모습이다.

굳이 화려한 색의 옷을 시도해 본다거나 무채색을 벗어나기 위해 발버둥 치지 않았다. 얼룩덜룩한 촛농자국이 내가 살아남은 증거이다. 분명한 건, 하루를 보낸 걸음들이 모여 오늘의 나에게 닿는다는 사실이다. 나와 같은 길을 헤매고 있는 이가 있다면 '너의 잘못이 아니야.'라고 말해 주고 싶다.

    낯선 도시에서, 내게 물었다

2
시간이 나를 익혀 주던 방식

와인이 숙성되며 맛을 내듯, 나의 삶도 서두름과 방황 속에서 비로소 제 향을 찾아가는 중이다. 숙성은 단순히 시간이 흐르는 것이 아니라, 그 시간을 견디며 나를 조금씩 달라지게 하는 과정이다. 제주에서의 삶은 '멈춤'을 견디는 법을 배우는 일이었고, '서두르지 않음'을 연습하는 시간이었다.

30분 단위의 일정들이 사라지고, 이동하면서 만나는 바다의 반짝임과 가로수의 인사가 나를 반겼다. 잠시 시동을 멈추고 갓길에 서서 하늘을 올려다보아도, 바닷속 짠 내를 가득 머금어도 되는 시간이 허락되었다. 삶은 이야기로 이루어진 듯하다. 아이들을 챙기느라 늦어진 출근, 독서 모임 끝나고 지인을 기다리는 순간, 맑은 국물을 보면 가족이 떠오르는 장면으로 삶을 촘촘히 채우고 하루를 만든다.

주어진 에너지는 한정되어 있는데, 나는 어떤 장면과 대화를 기억하고, 무슨 이야기를 써 내려갈 것인가 결정해야 했다. 2016년 8월 제주로 이주했다. 그 선택은 복잡한 일들의 결과였다. 그러나 그것은 끝이 아니라 다른 시작으로 건너는 과정이었다. 학원 강사의 삶은 정리하고, 자연 속에서 자연과 함께 살아가는 삶이 시작되었다.

식물 전문가로의 첫출발은 제주 곶자왈을 배우면서 시작되었다. 시간이 지날수록 어렵기도 했다. 눈에 보이는 집 정리에서부터 가족들의 적응까지. 새로운 시작을 만들기 위해서 하나씩 하나씩 해결해야 함을 모르던 때였다. 빠르게 정리가 되면 좋을 것 같았고, 정확하게 적응하면 나아질 것 같았다.

반년이 흘러갔다. 제주에 온 이유가 불분명해지는 시간이 시작되었다. 무엇을 얻을지, 무엇을 이룰지 아무것도 모르는 암흑을 걷고 있었다. 어둠 속의 나와 함께해 준 것이 바로 제주의 자연, 제주의 식물이었다. 이름을 부르고 외우며 정확하게 알아보는 작업 앞에서, 내가 서 있는 각각의 자리에서 해야 하고, 해내야 하는 역할을 다시 한번 생각할 수 있었다.

나의 흔들림은 나무의 흔들림이 가져갔고, 나의 무채색은 초록으로 채워졌다. 색을 잃어버렸는지 알지 못했던 나에게 초록이 다가왔다. 예전과 무엇이 다른지 명확하게는 설명할 수 없었다. 그저 눈으로 들어온 초록빛이 마음에서 반짝거렸다. 자연의 색을 그대로 느끼면서 식물의 이름을 하나하나 부를 때마다, 한 번도 제대로 인정받지도 불려보지도

  낯선 도시에서, 내게 물었다

못한 '나'의 존재를 확인하는 느낌이 들었다.

제주에서의 삶은 바람과 함께였다. 바람이 모든 것을 훑고 지나가고 나면 남는 것들이 있었다. 내가 존재해야 할 이유. 사랑받아 마땅한 사람이라는 것. 내 삶을 내가 믿고 주도해서 살아가야 한다는 것. 내가 살아가는 시간을 붙잡아줄 기준들이 남았다. 내 안의 불필요한 욕심을 바람에 날리고, 남은 마음이 단단해질 수 있었다.

길은 모두에게 열려 있지만, 모두가 갈 수 있는 길은 아니다. 열린 길만을 걷는 것이 정답은 아니었다. 삶에 무수히 많은 해답이 있다는 생각이 들었다. 아니다. 내가 지나온, 그저 아무 생각 없이 버틴 고통은 내가 가야 할 해답을 만들어 내는 일이었다. 타인의 길을 따르지 않고, 나의 길로 가는 일은 내 삶의 주도권을 가져오는 일이 되어 주었다. 왜 버티는지도 모르는 고통을 묵묵히 견디어 내가 갈 길을 차근히 만들어 나아갔다.

살면서 누구를 만나느냐에 따라 달라지는 것이 인생이다. 고통을 밀어내며 버텨온 시간이 내 삶에 필요한 재료라고 받아들이게 되었다. 삶의 돌파구를 찾고 싶을 때 복잡한 설명과 빼곡한 이야기들이 어우러져 천천히 숙성되었다. 인생은 끝없는 고통이 반복되는 미생(未生)의 삶에서, 그 반복에 지치지 않는 사람이 결국 완생(完生)으로 나아가는 과정일 것이다.

나는 숙성되고 성숙되는 과정을 살고 있다. 완생의 삶이 되기 위해 목표를 세우고 차근히 실행했다. 책을 읽고, 글을 쓰며 나를 알아 갔지만, 여전히 혼란스러웠다. 이전의 나는 누구이고, 지금의 나는 누구인지 알기 위해 하는 일들이 나를 흔들리게 했다. 성장통 같았다. 아이가 태어나면 이유 모를 '영아 산통'을 겪는데, 나의 새로운 시간 역시 쉬울 수 없는 예견된 통증이었다.

늦었다 생각했지만, 나를 알아가는 혼란이 가져다주는 가치가 분명했다. 통증을 견디고 났더니 성장이 시작되었다. 부서진 파도가 모여 바다를 이루듯, 오십이라는 나이가 되면 흩어진 경험들이 하나의 깊이로 모이길 바란다. 성장의 폭풍우를 건너면 언젠가 잔잔한 대서양에 닿을 수 있을 것이다.

우리는 모두 미완의 삶 속에서 조금씩 익어가고 있다. 숙성은 결국, 완성되지 않음을 인정하는 용기일지도 모른다. 오늘도 나는 익어가는 중이다. 서투르지만 천천히, 내 인생의 향을 만들어가며, 무채색의 시간을 통과하고 있다. 나는 나를 숙성하는 법을 배우고 있다. 지금 제주의 숲을 걷는 초록의 내가, 식탁 밑에서 잠들던 30년 전 무채색의 소녀에게 말해주고 싶다. 너는 식물의 이름을 다정하게 부르는 사람이 될 거라고.

   낯선 도시에서, 내게 물었다

3
식물 이야기를 전하며 조금씩 조금씩

제주에 이주한 뒤, 매일 같은 길을 걸어도 마치 다른 길처럼 느껴질 때가 많다. 알지 못했던 나무의 이름을 알게 되고, 눈에 띄지 않던 꽃을 알아가면서 내 하루는 조금씩 달라졌다. 구멍이 숭숭 뚫렸지만 우직하게 서 있는 돌담길, 오름에 핀 들꽃, 초록 얼굴을 내미는 나무들. 바쁜 일상에서도 잠시 멈춰 제주 식물들과 함께 걷는 순간들은 나에게 소중한 선물이 되었다.

제주로 오기 전, 나는 빠르게 흘러가는 시간 속에서 복잡한 일들에 파묻혀 무미건조하게 하루를 견뎠다. 제주에서 만난 파란 하늘과 깊은 바다, 그리고 늘 푸른 식물들은 그런 내 삶 속 어둠을 걷어내는 쉼이 되어주었다. 파랑과 초록은 천천히 내 안으로 들어와 작은 빛이 되었다.

학원 강사로 지내며 아이들의 글을 고쳐주던 시절, '나는 글을 쓸 수 있는 사람이 아니다.'라고 생각했다. 하지만 돌아보니 이미 글 속에서 살아왔던 사람이 바로 나였다. 머릿속에는 늘 수많은 문장과 감정이 떠다

넀지만, 막상 글로 옮기려 하면 두려움이 앞섰다. '내가 뭐라고 글을 쓰나.' 나에 대한 부정과 불신이 마음의 문을 닫게 했다.

제주 숲으로 들어가던 순간을 잊지 못한다. 그곳은 누구도 나를 평가하거나 비판할 수 없는 완전히 자유로운 공간이었다. 숲의 공기와 나무, 풀들이 나를 감싸안았다. 촤르르 불어오는 바람이, 숲과 나무가 나와 함께 울어 주었다. 발끝의 바스락거림이 나를 도닥이며 속삭여주었다.

숲이 나를 안아주던 날 몸의 감각을 글로 옮기고 싶었다. 두려움 가득한 삶을 사는 이들에게 제주 자연이 건네는 위로를 전하고 싶었다. 에세이를 써보고, 시를 써보기도 했다. 마음을 표현하는 방법을 배우지 못해 어른이 된 나는 나의 감정과 나의 경험을 나누는 일에 애를 먹었다.

그렇게 애쓰던 중 '자연 관찰 일기'라는 새로운 글쓰기 방식을 만났다. 연필 끝이 문장이 되고, 한 장 잎이 그림으로 남을 때마다 식물의 숨결이 내 안으로 들어왔다. 식물을 배우고, 그림을 그리고, 그림 옆에 글을 적었다. 그림을 그리기 시작하면서 변화가 시작되었다. 식물이 들려주는 이야기를 더 깊이 듣고 싶어졌다.

식물은 내 안 깊숙이 묻어둔 이야기들에 대한 하나의 답이었다. 해결하지 못한 마음, 오래 아파 단단히 굳어 버린 기억들이 제주 자연 속에서 조금씩 허물어지기 시작했다. 모양과 색이 다른 식물들이 저마다 다

　　　　　　　　낯선 도시에서, 내게 물었다

른 방식으로 내게 다가왔고, 말로 꺼내기 어려웠던 고민이 식물 앞에서 조용히 풀어졌다.

아무 말 하지 않아도 나의 마음을 먼저 읽어주는 존재가 자연이었다. 말 없는 공감 속에서 나는 다시 살아나기 시작했다. 지난 계절의 잎과 열매를 모두 떨구어 앙상한 가지와 같은 내 삶에 새순이 돋아나기 시작했다. 그때부터 자연이 전하는 이야기를 그림으로, 글로 담기 시작했다. 식물들을 그저 스쳐 지나가게 두고 싶지 않았다. 기억하고 싶었고, 이름을 불러주고 싶었다. 지나치기 아쉬운 풍경은 그림으로 남기고, 그 옆에 짧은 글을 적었다. 그림과 글로 담으며 나를 돌보는 시작이 되었다. 자연과의 교감 속에서 연두색 위로와 짙푸른 용기가 스며들었다.

오래 한자리에 머무르며 뿌리내리는 나무처럼 살고 싶어졌다. 제주의 바람과 햇살, 그리고 때로는 거센 빗속에서 글과 그림으로 마음을 풀어내는 일은 내 삶의 중요한 쉼이 되었다. 허리를 숙여 작은 꽃을 바라보고, 고개를 들어 20m 나무 위를 올려다보며 하루를 돌아보는 일. 제주 자연과 식물들이 건네는 이 작은 쉼표는 분주한 마음을 멈추게 하고, 내 안에 고요를 선물했다. 식물을 그리며 글을 쓰기 시작하면서 비로소 '내 이야기'를 하게 되었다. 식물의 이름을 알기 전의 나는 부족했고, 보잘것없었다.

식물의 존재를 인식하기 시작하면서 나의 존재도 조금씩 또렷해지기 시작했다. 바닥에 납작 엎드려야 보이는 작은 식물에도 이름이 있고, 눈길조차 주지 않고 지나치는 풀 한 포기에도 각자의 모양과 색, 존재 이유가 있었다.

나 역시 다르지 않았다. 풀과 나무, 꽃들이 그 자리에 존재하기만 해도 충분하듯, 나도 누군가의 시선을 의식하지 않아도, 칭찬받지 않아도 괜찮았다. 그저 존재한다는 것만으로 괜찮다는 마음이 움트기 시작했다. 자연을 조용히 바라보며 나를 조심히 안아주고 있었다. 그때 처음으로 내 목소리를 들었다. 식물의 이름을 부르듯, 내 이름을 다시 불러주는 순간이었다.

 낯선 도시에서, 내게 물었다

4
나무의 이야기와 마주 앉은 나

내가 전하는 '식물 이야기'에 "금방 까먹는다."라며 웃는 지인들을 보면 나도 웃게 된다. 식물에 관한 내용을 전달하는 것은 순간이었지만 나를 말하는 듯한 기분이 들었다. 내 속을 들여다보는 듯했다. 식물의 이름을 부르며 나의 존재도 확인하는 순간이 되었다. 나는 사람들의 미소를 통해 '행복'이라는 만족감을 느끼고 채웠다. 내 이야기를 들으며 고개를 끄덕이던 지인의 눈빛에서, 내가 살아 있음을 느꼈다.

이야기란 단순히 정보를 전달하는 것이 아니라, 자신을 이해해 가는 과정이라 생각했다. 식물을 깊이 있게 공부하면서 '파라택소노미스트'(parataxonomist)를 알게 되었다. 전문 생물학자가 아니어도, 자연을 관찰하고 기록하며 생명을 이해하는 사람들이다. 현장에서 생물을 기록하는 사람. 내가 꼭 가고 싶은 길이었다.

숲이나 들에서 만난 식물들이 어느 계절에 꽃을 피우고, 잎을 펼치며, 열매를 맺는지 현장에서 기록하고 싶었다. 자연과 함께, 자연 속에 있고 싶었다. 우리가 스쳐 지나가는 식물 하나하나에 이야기가 있다. 나무가 하는 말을 듣고 나를 알았던 시간에 대한 감사함을, 그들의 존재를 기록하며 표현하고 싶었다.

또 자연에 대해 알고 싶어 하는 사람들에게 알려주고 싶었다. 내가 느낀 행복의 파장을 누군가의 마음에도 잔잔히 공명시키고 싶었다. 책상 앞이 아닌 현장에서 마주하고 싶었다. 조용하게 걸으며, 숲과 눈을 맞추고, 그 누구도 소외되지 않도록 모두 알아봐 주고 싶었다.

나의 기록이 훗날 "이 세상에 이런 생명이 있었다."라는 증거가 되는 일을 하면 좋겠다는 꿈을 꾸고 있다. 제주의 식물들을 기록하고, 서식지도 파악하며 숲을 섬세하게 바라보고 싶다. 글과 그림으로 숲의 결을 읽어내어 자연을 이해하는 길을 가고 싶다.

어린 시절의 나는 아무도 기억해 주지 않는 소외된 존재였다. 그래서 나는 숲에서 누구도 소외되지 않기를 바랐다. 바닥에 납작 엎드려야만 보이는 작은 풀을 이름 없는 잡풀로 남겨두지 않는 것은, 내가 '나 자신'을 구원하는 일이 되었다. 식물의 이름과 특징을 이야기할 때, 어느 순간 그 식물 너머의 나를 들여다보는 것이 되었고, 점점 나를 읽어내고 싶어졌다. 숲의 하나하나를 섬세하게 관찰하며 그 존재를 인정하고 이해하듯, 나를 이야기하고 싶어졌다. 식물에 대한 설명을 하면서 식물과 닮은 나의 이야기를 찾게 되었다.

  낯선 도시에서, 내게 물었다

나라는 사람을 한 단어로 설명할 수 없듯이 식물도 한 부분으로 말할 수 없었다. 나의 기억, 지금의 관계 그리고 내가 서 있는 지금까지의 모든 순간이 식물의 잎과 줄기, 꽃과 열매에 맺혔다. 그 나무가 그 자리에 서 있는 이유, 왜 그런 모양의 잎을 틔우고, 어떤 계절에 빛을 받아 열매를 채우는지 찬찬히 살펴보아야 한다.

제주 가로수 중 유난히 나의 발걸음을 붙잡는 나무가 있다. 구실잣밤나무. 길을 걸으며 그동안 스쳐 지나갔던 가로수에 구실잣밤나무가 상당히 많다는 사실을 깨달았다. 이름을 알지 못했을 때는 존재조차 모르던 나무가 이름을 알고 불러주고 나니 숲과 도시 어느 곳에서나 잘 자라는 구실잣밤나무가 보였다. 볼 때마다 가까워졌다. 가까워지면서 더 궁금해졌다.

수피(나무 껍질)가 어둡게 갈라져, 수많은 이야기를 켜켜이 품고 있는 듯했다. 쏟아내지 못한 감정이 오래 쌓여 깊게 찢어진 흔적처럼 보였다. 거칠고 검은 껍질을 가만히 바라본다. 어린 시절부터 지금까지 입었던 무채색의 옷들이 생각났다. 그와 함께 나의 외모에 대한 지적이 한꺼번에 떠올랐다. 화려하고 밝은 옷 좀 입어보라는 핀잔도 생각났다.

구실잣밤나무가 가진 어두움은 보잘것없는 검은색이 아니었다. 자신의 생명을 지키기 위해 스스로 만들어낸 모습이었다. 단단한 열매를 익히고 살아가기 위해 만들어낸 검은색이라고 나에게 말하는 듯했다. 숲에서 마주하면 그 어둠이 더 짙어져 신령스럽기까지 했다.

구실잣밤나무라 부르는 이름은 잣 구실도 하고 밤 구실도 해서 '구실 잣밤나무'라 불리운다는 이야기가 있다. 여러 가지 구실을 하며 오래 버텨온 검디검은 나무의 이야기 곁으로 다가섰다. 숲속에서나 도시에서나 자신의 구실을 잘하는 나무가 대견하기도 했다.

살아오면서 나도 누군가가 원하는 '구실'을 하며 살기 위해 애썼다. 딸 구실, 아들 구실, 살림꾼 구실. 구실잣밤나무 앞에 오래 머문다. 이 나무는 누가 시켜서 한 것이 아니다. 스스로 잣과 밤의 몫을 다하며 묵묵히 서 있다. 타인을 '만족'시키기 위한 것이 아니라 자신이 스스로 만들어 낸 모습이다.

나무의 이야기와 내 이야기가 나란히 마주 앉는다. 내 삶의 다양한 이야기가 구실잣밤나무 가지마다, 열매마다 담긴다. 손바닥을 나무 둥치에 조심스레 올려본다. 거칠고 차가울 줄 알았던 수피가 따뜻하고 촉촉했다. 구실잣밤나무가 나에게 뭔가를 말하고 싶어 하는 듯 느껴졌다. 제주의 바람이 불어와 나뭇잎을 흔들었다. 내가 나무에게, 나무가 나에게 말했다.

'그렇게 서 있느라 애썼다.'

2
부

사람 사이에서 배운 것들

이정은

"머물렀던 모든 곳이 나를 만들었다"

해외 거주 14년 차, 미국 애틀랜타 거주 6년 차
다문화 내비게이터

결혼 후 남편 직장을 따라 폴란드 5년, 아르헨티나 1년, 칠레 2년 거주 후 지금은 애틀랜타에 6년째 거주 중이다. 살았던 곳을 따라 폴란드어와 스페인어를 배웠고, 지금은 영어와 고군분투하고 있다. 다양한 언어만큼이나 다양한 사람들을 만났고, 언어를 넘어서 그들과 마음이 닿는 진정한 소통을 바라고 경험했다. 지나왔던 도시들과 사랑에 빠졌었고 그 과정에서 잊고 있었던 내 모습을 발견하는 수많은 순간을 마주했다. 지금 있는 이 도시와도 여전히 연애 중이며 또 다른 내 모습을 찾을 수 있기를 소망한다.

Q1. **폴란드에서, 아르헨티나에서, 그리고 지금의 미국까지, '나'를 지키기 위해 가장 중요하게 여긴 것은 무엇인가요?**

아마 제 안에 숨어있던 모험심과 호기심이 아니었을까 생각해요. 오랜 해외 생활 동안 힘들고 지칠 때, 저조차 잊고 있었던 그것들이 조용히 깨고 나와주었어요. 그렇게 다름을 인정하는 것을 배우며 나를 일으키고 버티게 해주었다고 믿고 있어요.

Q2. **언어도 표정도 낯설었던 그 시절, '이방인'으로서 가장 크게 느꼈던 감정과 그때 깨달은 것은 무엇이었나요?**

한 도시에서 태어나고 자라고 성인이 되어서도 그곳을 떠나지 않았던 저에게 이방인이란 어색하기만 한 단어였어요. 바르샤바 공항에 처음 도착했을 때, 나와는 상관없다고 생각했던 자리에 내가 서있을 수도 있다는 것을 알게 되었죠.

Q3. 언어의 벽을 넘지 못해 답답했던 경험에서 '진심이 전해지는 순간'을 처음으로 느낀 장면이 있다면 들려주세요.

바르샤바에서 작은 사고로 인해 수술을 해야 한 적이 있어요. '너무 무서워.'라고 작게 혼잣말하는 나에게 폴란드인 간호사가 말없이 다가와 제 손을 꼭 잡아주었어요. 그녀는 제 마음을, 저는 그녀의 진심을 고스란히 느낄 수 있는 순간이었죠.

Q4. 여러 나라를 거치며 배운 삶의 태도 중, 지금까지도 마음에 남아 있는 한 가지가 있다면 무엇인가요?

시간을 두고 말없이 표현되는 진심은 그만큼 공을 들여야 하고 내 마음이 전해질 때까지 기다려야 한다는 거죠. 여러 나라를 거치며 그 태도가 저에게는 시간을 두고 조금씩 스며들었고 제 안에서 두텁고 강하여 깨지기 힘들게 자리 잡았어요.

Q5. 지금의 당신에게 '나다운 삶'이란 어떤 의미인가요?

나다운 삶이란 시간이 갈수록 변해가는 내 모습을, 있는 그대로 받아들이고 응원해 주는 삶이라 생각해요. 그 과정에서 내가 어떤 모습으로 존재하더라도 보듬어주고 토닥여 주면 늘 좋은 방향으로 변화해 갈 거라 믿어요.

1
첫사랑의 진심이 전해지는 순간, 바르샤바

나는 부산 토박이다. 고등학교 때는 집을 떠나 대학 생활을 하는 것이 꿈이었다. 부산에서 대학을 진학한 후에도 부모님의 반대로 이루지는 못했지만 언감생심 유학을 꿈꾸기도 했다. 20대 중반이 넘어갈 무렵, 엄마가 매일 해주시는 따뜻한 밥처럼 편안한 이 도시에 익숙해져 있었다. 서른을 앞두고 결혼하며 서울로 이사를 했다. 얼마 후 태어난 두 아이들과의 서울 생활은 분주하고 충만했지만 몇 해가 지나도 동네에서 인사하는 사람은 앞집 아주머니가 유일할 정도로 주변에 울타리를 높이 두르고 지냈다.

큰 아이가 세 돌을 막 지났을 즈음, 남편의 회사로부터 해외 발령 소식을 들었다. 발령지는 폴란드 바르샤바였다. 처음 폴란드행 소식을 들었을 때 낯선 단어를 들은 것처럼 남편에게 되물었다. 유럽 많고 많은 도시 중 바르샤바라니. 오랫동안 공산권이었던 나라였기에 호기심은 가

 낯선 도시에서, 내게 물었다

득했지만 크게 호감이 들지 않았던 게 솔직한 마음이었다. 주변 사람들이 어디로 이사하냐고 물었을 때 폴란드라고 하면 열이면 열 핀란드로 알아들었다. "핀란드가 아니라 폴란드예요."라고 답하는 게 지겨워질 때쯤 바르샤바에 도착했다.

바르샤바 겨울치고도 꽤 추웠던 어느 날, 늘 타던 버스 대신 처음으로 줄지어 있던 택시들 중 하나에 올라탔다. 택시 기사에게 우리 집 주소를 이야기했지만, 그는 알 수 없다는 표정으로 나를 바라보기만 했다. 몇 번의 시도 끝에 그가 말하는 주소는 우리 집 주소가 아니었다. 답답하고 미덥지 않은 내 마음과 달리 택시 기사는 이제야 알겠다는 표정으로 차에 서둘러 시동을 걸었다.

무사히 집에 도착했지만, 무엇이 문제였는지 여전히 알 수가 없었다. 며칠 뒤 내가 주소를 폴란드식 발음이 아닌 영어식으로 발음했다는 것을 알게 되었다. 이제 생각하면 참으로 답답했던 건 그가 아니라 바로 내 모습이었다는 생각에 금방 얼굴이 뜨거워졌다. 하지만 부끄러움보다, 나의 딱한 처지를 상관없다는 듯 바라만 보던 그에 대한 서운함이 더욱 깊게 남았다.

얼마 후 아이들도 등교하고 혼자 있던 집에 좀처럼 울릴 일이 없는 벨이 연달아 두 번 울렸다. '이 시간에 찾아올 사람이 없는데, 누구지?' 조심스레 문구멍으로 밖을 내다보았다. 누가 봐도 경찰로 보이는 남자 두 명이 우리 집 앞에 서 있었다. 순간 잔잔했던 긴장감은 갑자기 불안감으로 바뀌었다. 연이어 울리는 벨 소리에 어쨌든 일단 문을 열어야 할 것 같았다.

조심스레 문을 여는 동안 들려오는 그들의 이해할 수 없는 낯선 대화는 내 불안을 더욱더 키우고 있었다. 아무 말 없이 서 있는 나를 향해 뭔가를 전달하려는 듯 폴란드어로 긴 설명을 했다. 그 와중에 나는 우리 아이들이 뛰는 소리에 아랫집에서 신고했으리라 믿고 또 믿었다. 충분한 설명이 끝났는지 그들은 알 수 없는 종이 한 장을 남기고 돌아갔다. 다급한 내 연락에 남편이 알아본 바로는 그들은 각 가구에 실제로 거주하는 세대를 확인하기 위해 방문한 사람들이었다.

언젠가는 배우리라 마음먹었던 폴란드어였다. 하지만 스쳐 가는 이방인일 뿐이라고 나를 정의하며, 나에게 그다지 호의적이지 않게 느껴진 이곳의 의미를 크게 두지 않고 지내던 하루하루였다. 나는 비로소 큰 언어의 벽에 마주치고 나서야 수업을 시작했다. 야심 차게 시작했지만, 첫 시간부터 폴란드어는 나에게 엄청난 도전이었다.

　　　　　　　　　　　　낯선 도시에서, 내게 물었다

라틴 알파벳을 사용하기는 했지만 아홉 개나 되는 특수문자를 익혀야 했다. 폴란드어에서만 쓰이는 발음이 있었고 그것들을 위한 특별한 철자들을 외우고 익혀야 했다. 첫 수업 한 번에 이미 배우고자 하는 모든 의지가 사라지고 있었다. 다섯 달 정도 수업을 이어가던 중 동사 변화의 시점에 왔을 때 나는 결국 두 손 들고 포기했다. 그래도 그동안 배운 폴란드어로 단어를 읽고 간단한 질문들 할 수 있게 되었기에 생활에 큰 불편은 덜 수 있었다.

비록 수업은 그만두었지만, 나는 이곳에 대해 더 알고 싶어졌다. 늘 가던 곳을 벗어나 바르샤바 곳곳을 다녀보기 시작했다. 그렇게 거리에서 본 폴란드 사람들은 대부분 잘 웃지 않았다. 그렇게 무관심해 보이면서도 가끔은 내가 알아듣든 말든 하고 싶은 말은 끝까지 하기도 했다. 호감을 보이며 '당신을 알고 싶어요.'라는 무언의 표현을 보내는 나에게 그들은 마치 눈치 싸움을 하듯 곁을 주지 않았다. 처음 이 도시의 이름을 들었을 때 심드렁했던 내 마음을 아는 것만 같이 느껴졌다.

회색빛 건물이 가득한 도시의 겨울날, 아이들과 외출하며 모자를 잊은 날은 길을 걷는 내내 모르는 폴란드 할머니들의 잔소리를 들어야 했다. 말은 통하지 않았지만, 그들의 불만이 서린 표정은 이미 모든 것을 말해주고 있었다. 우체국에 들러 소포를 찾으러 왔음을 어눌하게 설명했던 날도 있었다. 도저히 무슨 말인지 모르겠다는 표정으로 화난 듯 쏘아대는 직원이 무서워 빈손으로 집에 돌아오기도 했다. 그들과 나는 그렇게 손 내면 닿을 수 있는 거리에서 서로를 맴돌기만 했다.

몇 년이 흘러 남편이 한국으로 발령이 났고 우리는 한국으로 돌아갈 계획을 앞두고 있었다. 바르샤바를 떠나오기 전 마지막 해 여름, 나는 폴란드어 수업을 다시 시작했다. 다시 만난 폴란드어책은 여전히 어렵고 복잡했다. 곧 이곳을 떠날 텐데 왜 굳이 폴란드어 수업을 듣느냐고, 주변 지인들은 만날 때마다 묻곤 했다.

돌아보면 바르샤바에서 살았던 5년에 가까운 시간 동안, 거리 구석구석을 찾아다니며 구애의 마음을 표현했던 것 같다. 전통음식인 피에로기를 직접 만들어 먹기도 하고, 유로 2012 게임 때는 폴란드 응원가를 부르며 목 터져라 응원했다. 즐겨 가는 재래시장의 채소 가게 아저씨와 친해지고 싶어 매일 들러 보기도 했고, 여름이면 열리는 야외 피아노 공연을 즐기는 사람들 사이에서 그들을 지켜보기도 했다.

하지만 막상 그들이 내 메시지에 아주 천천히 조심스레 응답하고 있다는 사실은 깨닫지 못한 채 나의 시간은 흘러갔었다. 아들 녀석의 삐뚤어진 털모자를 손수 바로 씌워주시는 거리의 할머니, 어렵게 기입한 나

　　　　　　　　　　　　낯선 도시에서, 내게 물었다

의 소포 라벨의 틀린 곳을 말없이 표시해 주는 우체국 직원, 그 외에 말로 다할 수 없이 많은 이들이 진심 담은 작은 무언의 작은 쪽지들을 나에게 보내고 있었다는 것을 말이다.

폴란드어를 다시 배우고자 했던 것은 그들과 말로 소통하고 싶어서가 아니었다. 뒤늦게 깨달은 그들의 진심에 대한 답례이자, 내 사랑의 표현이었다. 내 마음에 문을 열어준 폴란드에 대한 내 사랑의 확인이기도 했다. 어쩌면 문은 처음부터 열려 있었는지도 모르겠다. 서로 조심스레 마음을 엿보다 이제 헤어짐을 앞두고 서로의 마음을 확인한 것인지도.

뒤늦은 결심에 비해 공부에 열정을 쏟지도 않았다. 그저 수업에 참여하는 것으로 내 마음을 대신했다. 이제 이곳을 떠날 테니 모든 풍경을 마음에 새기겠다는 다짐은 없었다. 그냥 익숙한 거리를 걷고 늘 가던 카페에 가고 시장에서 장을 보고 일상을 보냈다. 그렇게 보이지는 않지만 따뜻한 폴란드 사람들의 진심을 느끼며 다시 올지 모를 이 도시에 뒤늦은 사랑 고백의 쪽지를 남겼다.

2
춤추던 사랑의 기억, 부에노스아이레스

한국으로 돌아온 지 어느덧 2년이 되어갈 무렵, 남편의 아르헨티나 발령 소식을 들었다. 그 순간 폴란드어는 한 마디도 모르고 부임했던 지난번 주재의 기억이 스쳐 갔다. 준비 없이 무작정 도착해서 생활 속에 흩어져있던 돌부리들에 걸려 종종 넘어졌던 기억들이 새록새록 떠올랐다.

직항이 없는 바르샤바에 살면서 다시 해외 주재를 하게 된다면 직항 있는 곳으로 가고 싶다고 여러 번 이야기했었다. 그런 바람에도 불구하고 이번 행선지는 장거리 비행을 두 번이나 해야 하는 한국에서 가장 먼 나라, 아르헨티나였다. 게다가 아르헨티나라는 나라 이름 외에는 아무것도 떠오르지 않았다.

이것저것 알아보다 우연히 어릴 적 보았던 〈엄마 찾아 삼만리〉에서

　　　　　　　　낯선 도시에서, 내게 물었다

마르코가 엄마를 찾아 떠난 도시가 아르헨티나의 수도 부에노스아이레스라는 것을 알게 되었다. 지금 내 마음이 바로 그의 마음 같았을까. 까마득한 마음이 뭉게구름처럼 밀려왔다. 무엇이라도 준비하고 싶어 일단 스페인어 학원을 수소문했다. 예정보다 일찍 남편이 부에노스아이레스로 떠난 탓에 한국에서의 생활 정리를 혼자 해야 했다. 생각보다 바쁜 나날이었고 학원은 알아보다 자연스레 그만두고 말았다.

그즈음 스페인어 수업 팟캐스트를 찾은 건 정말 행운이었다. 이사 준비에 따로 시간 내기 어려웠고 아이들 통학 때문에 운전하는 시간이 많았던 나에게 안성맞춤이 아닐 수 없었다. 하루에 한 강의씩 꼬박꼬박 들으며 스페인어의 기초라도 쌓고 가리라는 결심으로 열심히 공부했다. 두 달 정도 지나고 이삿짐을 보내고 한숨 돌렸을 때였다.

그동안 목소리만 들어오던 스페인어 선생님이 오프라인 강의를 개설한다는 공지가 올라왔다. 선생님의 카리스마 있고 명랑하신 목소리 덕분에 스페인어가 귀에 쏙쏙 잘 들어오던 터라 강의를 얼른 신청했다. 그렇게 만난 선생님은 어릴 적 아르헨티나에서 살았던 분이셨고, 그로 인해 스페인어뿐 아니라 아르헨티나에 대한 많은 이야기를 나눌 수 있었다. 시간도 계절도 반대인 그곳, 멀게만 느껴졌던 그 나라가 친근해지기 시작한 것도 이때부터였다.

몇 달 수업을 끝내고 1월 어느 날, 나는 초등학생이 된 아이 둘과 부에
노스아이레스행 비행기 안에 앉아 있었다. 서울에서 한겨울에 출발해
도착한 지구 반대편은 눈을 뜨기 힘들 정도로 뜨거운 햇살이 내리쬐는
한여름이 한창이었다. 몇 벌 안 되는 여름옷으로 몇 달 후 도착할 이삿
짐을 기다리며 4월의 가을을 맞았다.

그 사이 한국에서 나름으로 열심히 공부했다고 생각했던 스페인어는
막상 부에노스아이레스에 도착하자 전혀 통하지 않았다. 슈퍼마켓 계산
원이 양손을 올리며 어깨를 으쓱하며 모르겠다는 표현을 할 때면 하던
말을 멈춘 게 한두 번이 아니었다. 유창하지는 않아도 간단한 대화 정도
는 자신이 있었는데 뭐가 문제인지 알 수가 없었다.

이번에는 여기서 멈추고 싶지 않았다. 바로 스페인어를 배울 수 있는
곳을 찾았고, 일주일에 5일, 하루 반나절 내내 진행되는 수업을 시작했
다. 아이들을 등교시킨 후 바로 학원으로 가서 4시간의 수업을 끝낸 후
오후에 장보기와 집안일을 하고 하교하는 아이들을 맞는 빠듯한 일과가
펼쳐졌다. 내가 다녔던 학원은 시내에 있는 꽤 규모가 큰 곳이었는데,
학생 대부분은 어학연수를 목적으로 온 대학생들이었다. 그런 학생들을
제외하고 학생 아닌 학생들이 몇 있었다.

    낯선 도시에서, 내게 물었다

미국에서 스페인어를 배우러 온 키가 2m 가까이 되는 수영 강사 조던, 일본은행에서 이곳으로 발령받고 어학 공부를 하러 온 일본인 토시, 영국 여행사 직원으로 출장으로 잠시 머무는 동안 수업을 들으러 온 매디, 브라질에서 여행 겸 스페인어를 배우겠다고 온 커플 가브리엘과 라리사 그리고 나. 첫 시간의 자기소개를 거쳐 우리는 자연스레 가까워졌다. 국적도 나이도 체류의 목적도 달랐지만, 스페인어를 배우겠다는 마음만은 하나였다.

점심시간이 되면 다 같이 근처 식당에서 식사를 하곤 했다. 주문 후 음식이 나오기를 기다리는 시간은 늘 대화의 연속이었다. 수업 시간에 배운 것들을 연습하겠다고 서로 스페인어로 이야기를 시작했지만 얼마 안 가 금방 바닥이 났다. 하고 싶은 이야기가 많았던지라 그때부터는 영어, 일본어, 포르투갈어, 한국어가 식사 테이블에 난무했다. 영어로 묻고는 일본어로 대답하고, 포르투갈어로 물으면 한국어로 대답했다. 언어의 수만큼 경우의 수는 늘어났다.

이런 무질서 안에서 대화가 가능한 게 신기할 정도였다. 불통과 통이 함께 존재하는 혼돈 속의 질서라고 해야 할까. 그 무엇도 안 되면 온갖 몸짓으로 이야기했다. 식당 안의 다른 손님들이 신기한 듯 쳐다보았지만, 그 시선조차 느끼지 못할 정도로 대화는 끝이 없었다. 이런 상황이 재미있어 웃음이 끊이지 않는 것은 기분 좋은 덤이었다.

수업하는 내내 서로의 서툰 스페인어를 가르쳐주고 때로는 어눌한 발음을 놀리기도 하며 허물없는 수업 시간을 보냈다. 거기에 아르헨티나인답게 열정적이고 표현이 풍부하신 소냐 선생님의 따뜻함이 더해져, 부담스럽던 긴 수업 시간은 늘 즐겁게 끝났다. 50대 정도로 보였던 소냐 선생님은 수업 내내 스페인어만 사용하시며 늘 덥다고 부채질을 하셨다. 우리가 전혀 못 알아듣는 상황이 와도 단 한마디의 영어도 사용하지 않으셨다. 그래서 때로는 수업이 끝날 때까지 이해하지 못하는 부분이 있는 날이 많았다.

그럴 때면 아리송한 표정을 짓는 우리들에게 부채를 흔들며 열정적으로 다시 설명을 시작하시곤 했다. 그래도 해결이 안 되면 우리는 미처 이해하지 못한 부분을 같이 공유하고 깨우치며 서로의 부족한 부분을 채워주었다. 폴란드어를 어렵게 공부했던 기억 때문인지, 화기애애한 수업 시간 때문이었는지 스페인어 공부는 가볍게 걷는 산책같이 느껴졌다.

게다가 주변 사람들에게 관심이 많고 처음 보는 사람에게도 스스럼없는 아르헨티나 사람들이었다. 덕분에 하루하루 학원에서 배우고 연습한 말들을 거리에서 가게에서 식당에서 쏟아 내는 데 어려움이 없었다. 내가 단어

　　　　　　　　　　　　　　　　낯선 도시에서, 내게 물었다

하나만 이야기해도 어느새 이야기꽃이 피어나게 하는 사람들에게서 더 많은 단어와 표현을 듣고 익힐 수 있었다. 식당에서 주문받는 동안에도 농담을 던지는 웨이터 아저씨의 유쾌함과 함께, 나의 스페인어는 이 도시를 보고 느끼고 사랑하는 데 부족하지 않도록 하루하루 충전되어 갔다.

부에노스아이레스는 그 이름처럼 청정한 공기와 역사를 품은 거대한 나무들이 넘치는 휴식 같은 도시였다. 또 한때 경제 대국이었던 탓에 세계에서 가장 넓은 도로와 100년 전에 만들어진 지하철을 가지고 있는 곳, 도시 곳곳에 아름다운 유럽풍의 건물과 고층빌딩이 공존하는 변화무쌍한 곳이기도 했다. 그리고 서정의 극치인 탱고의 움직임과 반도네온의 선율로 가득 찬 사랑스러운 도시임에 틀림이 없었다. 이 도시를 떠나야 한다는 소식을 들은 건, 우리가 이곳에 도착한 지 채 1년도 되지 않았을 무렵이었다.

너무나 사랑했던 이와 어쩔 수 없이 애틋한 이별을 앞두고 있던 나는 남은 시간을 더욱 치열하게 사랑하며 보냈다. 산과 바다, 사막과 빙하, 넓은 목초지와 높은 안데스산맥까지 다양한 자연을 가진 아르헨티나 곳곳을 다니며 더할 나위 없이 뜨거웠던 내 사랑의 증표를 남겼다. 그리고 그 기억은 내 마음속 깊은 곳에 자리 잡았고 이후 내가 지구 어디에서도 스스로를 지키며 단단히 서 있을 수 있는 주춧돌이 되어 주었다.

3
전쟁같았던 사랑이 남긴 것, 칠레 산티아고

아르헨티나에서의 1년을 보낸 후, 남편은 옆 나라 칠레로 이동 발령을 받았다. 부에노스아이레스에서 짧고 뜨거웠던 시간을 뒤로하고 비행기로 1시간 남짓 날아 도착한 도시의 공기는 무척이나 메마르게 느껴졌다. 비가 1년 내내 거의 오지 않는 이곳에서 또 다른 시작을 앞둔 내 마음도 건조하기는 마찬가지였다. 여러 번 반복된 해외 이사에 익숙해졌지만, 그 익숙함은 어느새 고단함으로 변해있었다. 하지만 늘 그래왔 듯 새로운 집을 찾고 아이들 학교를 알아보고 생활에 필요한 주변을 탐색하기 시작했다.

산티아고는 부에노스아이레스와는 사뭇 달랐다. 더욱 현대적인 건물과 도시 시스템을 갖추었고 슈퍼와 상점들도 이용하기가 더 편리했다. 덕분에 새로운 정착이 예상보다 순탄하게 진행되었다. 스페인어도 어느 정도 익숙해져 생활하는 데 큰 어려움은 없었다. 이 나라를 누비고 알아

낯선 도시에서, 내게 물었다

갈 생각에 내 마음은 촉촉한 기대감으로 가득 차고 있었다.

열 달쯤 지났을 무렵 시내에서 시위가 일어났다는 소식이 들려왔다. 지하철 요금 인상을 이유로 시작된 시위였다. 시간이 갈수록 도시 전체로 퍼지면서 폭력시위로 변해갔다. 급기야 군대가 동원되고 거리에는 장갑차가 지나다녔다. 태어나 처음 보는 그 광경에 어떤 말도 나오지 않았다. 시내로의 외출은 생각도 못 했을뿐더러 필요한 일이 아니면 집주변도 나가지 않았다. 지금까지 살면서 처음 느껴보는 공포가 밀려왔다. 시위대의 약탈을 막기 위해 동네 상점 유리창에는 나무판이 설치되었다. 불안한 마음은 하루하루 커져만 가고 있었다. 결국 야간 통행금지가 선포되었고 여러 협상 끝에 시위는 끝나가고 있었다.

기다렸던 평화와 동시에 우리를 찾아온 것은 코로나19였다. 시위 때부터 이어오던 야간 통행금지가 연장되었고 도시 단위로 지역을 봉쇄시켰다. 우리는 정말 집 밖으로 한 발짝도 나갈 수 없게 되었다. 동네 놀이터마저 봉쇄의 테이프가 가로 쳐졌다. 식료품을 사기 위해 일주일 동안 미리 허가를 받아 3시간 외출하는 것이 유일하게 집 밖을 나가는 시간이었다.

남편도 아이들도 모두 집에서 재택근무, 재택수업이 시작되었다. 한 공간에서 우리 네 식구는 빈틈없는 24시간을 같이 생활해야 했다. 중학생인 첫째와 초등학생인 둘째 아이의 수업 시간표가 서로 달랐고, 남편도 나름의 근무 일정이 있었다. 막상 연마했던 스페인어는 이제 크게 쓸모가 없었다. 동시에 나의 주방 봉쇄 시간이 시작되었다.

아침부터 저녁까지 나는 긴 직사각형 모양의 주방 밖을 나가지 못했다. 네 식구의 각각 다른 하루 일정에 따라 각각의 삼시세끼를 챙겨야 했기 때문이었다. 아침을 시간대별로 준비하고 정리하면 곧이어 점심시간이었다. 점심을 차례로 내어가고 밀려있던 설거지와 주방 정리를 마치고 나면 바로 저녁 식사를 준비해야 했다. 다행히 저녁은 식구들이 같이 먹는 날도 있어 한 번의 상차림으로 끝내기도 했다. 식사 후 정리를 식구들이 도와주긴 했지만, 요리하는 것은 완전히 내 몫이었다.

여기서부터가 문제였다. 나는 요리에 관심도 취미도 재능도 없는 사람이었다. 결혼 후 가장 많은 도전이 필요했던 부분이었고, 요리책 없이 무언가를 만든다는 것은 생각도 하지 않았었다. 설사 요리책을 보고 만들었어도 결과가 만족스럽지 못한 경우가 대부분이었다. 아이들이 유치원을 다니기 전까지 기본적인 국 하나도 레시피 없이는 만들지 못했다.

그래도 쉬지 않고 몇 년을 연습해 왔지만, 도무지 실력이 늘지 않았다. 솜씨가 좋으신 친정엄마의 손맛도 물려받지 못한 듯했다. 어쨌든 요리가 취미인 남편과 편식이 없는 아이들 덕분에 지금까지 나의 주방 운영은 폐업 없이 잘 버텨왔다. 하지만 이번에는 오롯이 나 혼자만의 부엌이 만들어진 것이었다. 나의 가장 취약한 부분과 일대일로 대면한 순간, 외로움과 막막함이 반갑게 나를 맞이했다.

주로 만드는 요리는 몇 가지로 한정되어 있었다. 식구들이 좋아하고 내가 만들기 쉬운 것들이었다. 하지만 며칠이 안 돼 내 레시피는 금방 바닥이 났다. 그렇다고 같은 메뉴를 계속하고 싶지는 않았다. 한 달이 넘게 현관문을 나가지 못하고 집에만 갇혀 있는 남편과 아이들에게 유일한 낙은 식사 시간이었다. 그때부터 주방 안 작은 식탁에 앉아 밤늦게까지 인터넷을 뒤지며 레시피를 찾기 시작했다.

다양한 레시피는 많았지만 비교적 쉽고 간단해 보이는 것들을 골라내고 정리했다. 그것들을 참고해 매일 삼시세끼 부엌 생활을 이어갔다. 다양한 요리에 도전하고 또 실패했다. 때로는 못 먹고 버린 적도 있었다. 작은 주방에서 홀로 치열하게 부딪히며 매일 반복되는 사투를 벌였다.

완전 봉쇄는 석 달 후 해제되었다. 그 이후 나는 새롭게 태어났다. 못한다고 어렵다고 생각했던 요리들을 척척 해내기 시작했다. 요리책이나 레시피가 없으면 아예 시작도 못 했을 요리들을 호기롭게 만들 수 있게 된 것이었다. 해물탕을 끓였던 어느 날은 나도 모르게 무를 강판에 갈고 있었다. 왠지 간 무를 넣으면 국물이 시원할 것만 같았다. 결과는 대성공. 자신감을 얻은 나는 처음 보는 음식도 대충 나만의 레시피로 상상할 수 있을 정도로 감각이 생겨났음을 느낄 수 있었다.

정말 다시 돌아가고 싶지 않은 지난 몇 달이었다. 즐거워하지 않는 일을 강도 높게 해야 하는 것에서 오는 스트레스는 몸도 마음도 힘들게 했다. 괜히 가족들에게 심술을 부리기도 하고 너무 지칠 때면 부엌 한켠에 앉아 혼자 눈물을 훔치기도 했다. 하지만 그 모든 시간들이 나 스스로 불가능하다고 생각했던 일을 실제로 이루어 주었다. 산티아고 집의 주방은 지금도 너무나 선명히 내 머릿속에 남아있다. 그렇게 혼자만의 전쟁을 치르며 오랜 시간 함께했던 그곳은 나에게 진정한 노력의 의미를 알게 해주고 성장시켜 주었다.

돌아가고 싶지 않지만 너무나 소중한 곳. 서로의 마음을 확인하고 사랑을 이루었지만, 익숙해진 관계에서 오는 권태감으로 내 진심을 의심했던 장소였다. 코로나19가 여전히 한참 유행하던 중 남편은 미국으로 이동 발령 소식을 전했다. 산티아고에서 지낸 2년의 시간 중 내가 가장 많은 시간을 보냈던 공간에서 또다시 새로운 곳으로 떠날 준비를 시작하며, 주방 구석에 자리 잡은 작은 식탁 위에 한 뼘 더 성숙해진 진심 가득한 사랑의 편지를 남겼다.

　코로나19가 여전히 한창 유행하던, 벌써 까마득해진 그때, 미국 비자를 받기 위해 한국을 다녀왔다. 모든 게 불안했던 그 시기의 장거리 비행들은 잊지 못할 기억을 남겨 주었다. 마스크와 페이스 쉴드를 쓴 채로 36시간이 넘는 비행을 하고 아무도 없이 텅 빈 JFK 공항을 경유했다. 마치 첫사랑을 끝내는 가슴 아픈 마무리였던 것 같다. 같은 해 12월, 애틀란타로 이사를 했다. 막 도착한 도시는 앙상한 가지만 남은 나무들로 적막했지만, 곧 이곳이 푸르름으로 가득 찰 곳임을 단번에 알 수 있었다. 끝도 없이 펼쳐진 나무의 수만큼 내 마음도 넓어지고 가득 차 있었다.

　애틀란타에 살면서 가끔 부산을 다녀왔다. 떠나있던 동안 곳곳이 변한 도시의 모습이 나는 더 이상 부산 토박이가 아니라고 말해주고 있었다. 엄마가 해주시던 따뜻한 밥은 이제 내 손에서 만들어지고 있었다. 그것은 이제 '내가 있는 곳이 곧 나의 고향'이라는 생각이 내 안에 자리 잡았음을 의미했다. 나는 더 이상 지구 어느 곳에서도 낯선 이방인이 아니었다. 내 본연의 모습으로 이 도시 또한 사랑하고 경험할 것을 잘 알고 있다. 이제 고등학생이 된 두 아이 또한 어디서든 자신의 모습으로 설 수 있는 진정한 이방인으로 세상을 누빌 수 있기를 바라며 나의 첫사랑 이야기를 마치려 한다.

신의경

"낯선 도시 위에서 나를 키웠다"

미국 엘에이 근교 거주 29년 차
언어치료사

IMF 이후 눌러앉은 미국부터 이 도시 저 도시 상황에 따라 떠다닌 해외살이 통합 29년 차 이방인. 이전엔 언제든 짐 싸서 떠날 준비가 되어있던 자유로운 여행자이자 역마살의 아이콘이었지만, 결혼과 출산 후 익숙하지만 낯선 도시에서 새로운 아이덴티티와 직업으로 한 곳에 뿌리내리는 연습을 하는 중이다. 필요에 의해 2중·3중 언어자가 됐고, 낯선 언어와 문화가 어려운 사람들을 가르치기 시작했다. 소통이 막힌 사람들이 세상과 연결되길 바라는 마음에 서른 후반, 언어치료사가 됐다. 온전한 한국인도 미국인도 아닌 이민 1.5세라는 정체성을 여전히 탐구 중이다.

Q1. **많은 도시를 거치며, 그 낯선 공간 속에서도 '나'를 지키기 위해 가장 중요하게 여긴 것은 무엇인가요?**

우선 감사하게도 제가 어디에 있든 어떤 결정을 하든 절 믿어 주고 지지해 준 부모님과 친구가 오랫동안 '나다움'을 잃지 않도록 응원해 줬어요. 그 믿음과 조건 없는 사랑이 제가 여러 환경에서 생각의 변화를 경험하거나 좌절을 겪을 때, 그것조차 나다움의 일부라 받아들일 수 있는 유연성과 회복탄력성을 기르는 힘이 됐어요.

Q2. **미국에 처음 도착했을 때 기억나는 모습이 있나요?**

한국에서 교복을 입고 엄격한 학교생활을 하다 마주한 캘리포니아의 자유로운 학교 풍경이 아직도 생생하게 기억나요. 처음 미국에 왔을 땐 빨리 친구들과 친해져서 적응하고 싶으니까,

스스로의 정체성에 대해 크게 생각하지 않았어요. 제가 원하는 어른이 되기 위해 이곳에서 어떤 것을 취하고 어떤 것을 버려야 할지 고민했던 것 같아요.

Q3. **2중·3중 언어자로 살아오면서 '소통'의 의미는 어떻게 달라졌나요?**

처음 새로운 언어를 배울 땐 소통보단 생존의 의미가 컸어요. 학교에서 살아남아야 했고, 언어를 도구로 일을 해야 했으니까요. 그러다 국제 교회에서 여러 학생과 해외살이의 힘든 점을 나누게 되었는데, 언어 때문에 소통이 완벽하지 않아도 서로 너무 공감하는 거예요. 그때 경험의 공유와 서로를 이해하려는 마음이 소통의 핵심이구나 느꼈어요.

Q4. **온전한 한국인도, 완전한 미국인도 아닌 '이민 1.5세'로서, 그 경계 위에서 얻은 가장 큰 선물은 무엇이었나요?**

정체성 혼란의 시기가 길었던 건 아무래도 제가 어딘가에 소속되고 싶었기 때문이 아닐지 생각해요. 누구나 어느 시점이 되면 깨달았을 일이지만, 같은 한국인 또는 미국인이라도 다양한 사람이 있는 것처럼 저 또한 저만의 색깔이 있는 사람이라는 걸 좀 늦게 깨달았죠. 또한 해외살이가 길어질수록 '따로, 또 같이'라는 말을 점점 이해하게 됐어요.

Q5. 지금의 당신에게 '나다운 삶'이란 어떤 의미인가요?

이민을 온 이상 새로운 자아를 갖게 되는 건 불가피한 일이라고 생각해요. 시민권자가 되어도 여전히 우리나라라고 했을 땐 한국을 떠올리는 걸 보면 더욱 제 뿌리에 대한 애정이 남아있다고 생각되죠. 그 애정을 어떤 방식으로 해외에 사는 다음 세대에게 물려줄지 고민하는 게 앞으로의 숙제라고 생각합니다.

1
랜초쿠카몽가에서 시작된 질문

1997년 9월, 우리 네 식구는 미국에 도착했다. 엄마의 오랜 꿈인 대학원 합격과 아빠의 고등학교 시절 바람인 미국 생활 때문이었다. 중학교 1학년을 마친 후, 열 살 어린 남동생, 그리고 부모님과 함께 까만 이민 가방을 한가득 싸 들고 이 땅에 섰다.

첫 한 달간 머물게 된 곳은 아메리칸드림을 이룬 아빠 친구분의 방 여섯 개짜리 으리으리한 집이었다. 고등학교에 다니는 아저씨의 첫째 아들은 퍼프 대디(Puff Daddy)의 〈I'll Be Missing You〉를 들으며 운전했다. 동갑내기 둘째 딸은 공주님 침대가 있는 방에서 노랗게 물들인 긴 생머리를 빗으며 끈으로 된 민소매에 청바지를 입고 친구들과 영화관에 갈 준비를 했다. 하이틴 영화에서 나온 듯한 모습이었다. 1층에서는 아흔이 넘으신 할머니께서 하루 종일 한인 채널을 보고 계셨다. 한국과 미국이 한 공간에서 공존하는 모습은 색다르고 인상적이었다.

서울에선 늘 당당한 학생이던 나는 그 모습을 보고 왠지 모르게 주눅

이 들었다. 아직까지도 그 이유가 예상보다 강했던 캘리포니아의 햇살 때문인지, 아니면 나름대로 자신 있던 영어가 하나도 들리지 않아서였는지 모르겠다.

우리 가족은 원래 3년만 살다가 한국으로 돌아갈 계획이었다. 엄마 아빠는 영어를 빨리 배우기 위해 한국 사람이 적은 지역을 선호했다. 그래서 정한 도시의 이름이 랜초쿠카몽가. 엘에이에서 차로 한 시간 떨어진 토착 인디언 말로 '돌밭' 또는 '포도 농장'이란 뜻을 가진 도시였다.

그렇게 살 도시를 정하고, 내가 걸어서 다닐 수 있는 중학교 바로 건너편에 있는 방 세 칸짜리 타운하우스를 구했다. 한국에서 살던 집보다는 작았지만 처음 보는 이층 구조에 방이 있고, 화장실이 세 개에 작은 뒷마당도 있는 집이었다. 부엌 외에는 카펫이 깔려 있고 간접 조명을 써야 하는, 난생처음 보는 구조였다. 미국 집 같다는 느낌이 들었다. 그래도 엄마 아빠의 배려로 미국에 와서도 여전히 내 방이 있다는 게 좋았고, 처음 머물렀던 아빠 친구분의 집보다 더 우리 집 같아 좋았다.

누가 봐도 전학생처럼 사무실에서 받은 지도 한 장만 달랑 들고 두리 번거리며 정문을 들어섰다. 자유분방하다고만 상상했던 미국 학교는 예상보다 훨씬 낯설고 생소한 풍경이었다. 뽀송한 얼굴에 책가방만 한 메이크업 박스를 들고 앉아 화장하는 학생, 선생님이 지나가는데 바로 앞에서 진한 입맞춤을 하는 남학생과 여학생, 한여름에 까만 가죽 재킷과

  낯선 도시에서, 내게 물었다

부츠를 신고 고슴도치처럼 머리를 세운 학생들을 보는 순간 교실을 찾아가야 했지만 이미 머릿속은 길을 잃었다.

혼미한 가운데 갑자기 들린 한국말 한마디. "안녕? 너 한국인이야? 나도 한국인이야!" 나보다 머리 하나는 더 큰 친구가 환하게 웃으며 인사하고는 금세 뛰어가 버렸다. 정신이 너무 없어서 인사도 못 하고 멍하게 있다가 교실 가는 길을 물어볼걸 하고 후회했다. 그 후 며칠 동안은 이 교실 저 교실을 옮겨 다니며 수업을 듣는 동안 다른 한국인 친구를 마주치지 못했다.

그동안 외워둔 단어들과 전자사전 덕분에 잠을 조금 줄이면 숙제나 시험은 따라갈 수 있었다. 문제는 점심시간이었다. 한국은 같은 반 친구들과 먹는 게 익숙하지만, 미국은 개개인의 시간표가 달라 우리나라처럼 같은 반이라는 개념이 없었다.

그러다 보니 점심시간에는 각자 친한 친구들을 찾아가는데, 친구도 용기도 없던 나는 첫 며칠 동안 어찌할 줄 몰랐다. 당시 엄마는 학업 따라가기도 벅찼고, 아빠도 미국에서 뭘 할지 알아보며 어린 동생을 돌보느라 내 점심을 챙겨줄 여력이 없었다. 그래서 그 첫 1년 내내 내 점심은 학교에서 파는 도미노피자였다. 한국에선 급식이나 도우미 아줌마께서 해주신 도시락을 먹다가 매일 피자를 먹는 것은 어쩔 수 없었지만 서운했다. 혼자 피자를 먹는 그 며칠은 마냥 서운했던 것 같다.

혼자서 밥을 먹은 지 사나흘쯤 지났을 때였다. 어느 날 다가온 네 명의 한국 친구가 조심스럽게 영어로 물었다. "Are you Korean?", "Yes, I'm Korean." 그 짧은 대화만으로 충분했는지 바로 "같이 점심 먹을래?"라고 물어왔다. 이름도 모르고 몇 학년인지도 몰랐지만, 전교생 중 동양인이 열 명 남짓한 학교에서 나는 '한국에서 온 친구'라는 이유만으로 반갑고 도와주고 싶은 존재였다고 한다.

그렇게 한국인이라는 이유만으로 만난 네 명의 친구는 고등학교를 졸업할 때까지 서로 웃고 싸우고 울며 지냈고, 지금은 자주 만나지 못해도 집안의 경조사나 1년에 몇 번 정도는 만나 편하게 속얘기할 수 있는 고마운 인연으로 남아 있다.

첫해는 공부 스트레스 없이 마냥 즐겁게 적응했다면, 고등학교로 진학하여 한 해 한 해 지나갈수록 오히려 더 어려운 미국 생활이었다. 미국에 온 다음 해, 한국은 IMF 외환위기를 겪었다. 미국에서 외국인으로 자리 잡기 힘들어 동생과 한국에 나가 있던 아빠는 우선 돌아오지 말고 미국에 자리 잡자고 했다. 미국에서 지내고 있지만 일주일에 한 번씩 한국 친구들과 편지를 주고받으며 다시 만날 날을 기다리고 있던 사춘기 소녀에게 그 소식은 영원한 이별 통보와도 같았다.

고등학교를 진학하고 따라가야 할 학업의 양과 문화적 다양성은 내가 적응하는 속도보다 훨씬 빠르게 증가하고 변화했다. 예습이 가능한 수학이나 일상생활 단어와는 달리 복잡한 구조의 문장으로 이해해야 하는

                                        낯선 도시에서, 내게 물었다

과목들은 사전에서 단어 뜻만 찾는다고 해결되지 않았다. 멜팅팟이라고 불리는 미국에서 각자의 정체성을 찾아가는 10대 친구들은 기존에도 어려웠지만 더 이해하기 어려운 존재로 변해갔다.

적응력이 강하다고 생각했지만 나 스스로조차 정립되지 않은 채 찾아온 조용한 질풍노도의 시기. 내가 결정하지 않은 이민, 박탈된 소속감, 경험하지 못한 환경 등 모든 것이 늘 규율을 잘 따르던 장녀에게 쓰나미처럼 덮쳐 마음의 중심을 흔들었다. 그래서 내 기억의 그 시절은 늘 우울했다. 매일 밤 엄마를 붙잡고 한국에 돌아가고 싶다고 울었고, 1년에 세 번 학교에서 쓰러졌으며 스물일곱 번 조퇴했다. 미국 외곽 학교에서는 엄마 아빠가 상상도 못 할 일들이 일어나고 있었다. 학교에서 인기 있는 친구들이 모여 작은 구실을 만들어 친구를 따돌리는 일, 쉬는 시간에 학생이 마약을 파는 일, 갱단에 연루된 학생이 총에 맞아 죽는 사건, 가까운 친구의 반복되는 자살 시도 등은 어린 내게 충격적이고 견디기 어려웠다. 이 모든 상황을 우리가 미국에 와서 겪는 일이라고 탓하고 싶었다.

시간이 흘러 고등학교의 가장 중요한 시기에 흔들렸음에도 불구하고, 나를 사랑하는 엄마 아빠와 부모님 대신 돌봐야 했던 열 살 어린 동생, 우연히 이웃이 된 선교사님 가족, 여전히 나를 아끼던 친구들이 붙잡아 주었기 때문인지 무난하게 괜찮은 대학에 입학했고, 명랑한 성인이 되었다. 부모님은 30년 가까이 여전히 그 동네에 살고 계시고 동생도 나도 다른 도시에 살지만, 무슨 일이 있을 때마다 랜초쿠카몽가로 들어서면 편안함이 깃드는 것은 그곳이 첫 이민 생활 시절을 보낸 의미 있는 곳이자 제2의 고향이 되었기 때문일 것이다.

차가 없어 친구들과 1시간씩 걸어갔던 도서관, 높은 산으로 둘러싸인 분지라 바람이 불면 날아다니던 쓰레기통을 피해 다녔던 일, 젓가락으로 김밥을 먹으면 모두가 쳐다보던 일, 여름이 긴 캘리포니아에서 학교만 끝나면 아이들을 다 끌고 달려갔던 수영장, 여행 간다고 함께 빚었던 200개의 만두, 서쪽에서는 해돋이가 보이지 않는다는 사실도 모른 채 첫 차를 타고 몰래 새벽에 산에 올랐던 일. 그때가 아니면, 그곳이 아니면 겪을 수 없었던 모든 경험은 멕시코 도시 이름 같다고 놀림당하던 랜초쿠카몽가가 어린 이민자의 마음을 성장시킨 밑거름이 되어주었던 곳이라는 사실만은 분명하다.

2
상하이에서, 다시 내게 묻다

2008년 2월. 상하이에 도착한 지 23일째, 나는 인민 광장을 지나 난징둥루에서 와이탄을 향해 걷고 있었다. 스마트폰과 구글맵이 활성화되기 전이라 한국에서 사 온 여행 책자 속 별책부록 지도를 들고, 최대한 이방인 티를 내지 않으려 애쓰며 걸었다. 홍콩을 제외하고 중국의 부의 80%가 집중되어 있고 외국과의 교류도 활발한 상하이였지만, 그때만 해도 인신매매나 장기 매매 같은 무서운 루머가 여전히 떠돌던 시절이었다. 아는 사람 하나 없는 도시에 도착한 스무 살 초반의 여학생에게는 큰 용기가 필요한 발걸음이었다.

난징둥루에 들어서자마자, 둘둘 싸맨 옷 사이로 스며드는 축축하고 시린 추위도 잊을 만큼 놀라우리만치 많은 수많은 인파에 떠밀려 길 한쪽 모퉁이에 잠시 멍하니 서 있었다. 인산인해라는 말이 어떤 뜻인지 온몸으로 체감한 순간이었다. 서울 강남역에서도 늘 사람에 치여 앞으로 나가기 힘들어하던 나였지만, 처음 마주한 난징둥루의 혼잡함은 비교조

차 할 수 없었다. 서울과 달랐던 또 하나는, 외국인과 중국의 소수민족 등 다양한 사람들이 훨씬 더 자주 눈에 띄었다는 점이었다. 이런 다민족 도시에서 나는 누구로 보일까, 문득 궁금해졌다.

아무런 연고도 없는 상하이에 가게 된 건 그 도시가 좋아서가 아니라, 순전히 아빠의 권유 때문이었다. 가족과 함께 미국에서 영주권 인터뷰를 기다리던 중 9·11 테러가 터졌고, 영주권 심사가 중지된 기간 사이에 의존 자녀 나이 제한을 넘기면서 나는 홀로 유학생 신분이 되었다. 그 후 대학을 졸업하고 신분 유지에 관한 고민이 깊어졌다. 무역업을 하던 아빠는 중국 시장이 커지고 있으니 가서 언어도 배우고 현지 사회도 경험해 보면 좋겠다고 제안했다. 제2외국어로 중국어를 배웠지만, 막상 그 나라에서 살아보겠다고 결심하는 일은 쉽지 않았다. 그래서 외국인에게 비교적 우호적이라 알려진 대도시 상하이를 선택했다.

내 신분은 중국에서도 여전히 유학생이었다. 상하이의 명문대인 푸단 대학(復旦大學)의 언어 연수 프로그램을 신청했고, 기초반인 1반부터 고급반인 7반 중 5반에 배정되었다. 열두 명으로 이루어진 5반에는 미국과 캐나다에서 온 교환 학생 여섯, 유럽에서 온 교환 학생 넷, 그리고 나와 한국에서 중국 대학 진학을 꿈꾸며 온 또 다른 한국인 학생이 있었다. 나중에 들으니 한국 유학생들은 기초부터 원어민에게 배우고 싶어 하거나, 중국어 관련 전공을 하는 교환 학생이 많아, 기초반 아니면 고

          낯선 도시에서, 내게 물었다

급반으로 가는 경우가 많다고 했다. 그런 의미에서 5반의 두 한국인은 조금 특이한 사람들이었다.

같은 반의 그 한국인 학생은 나보다 한 살 많은, 부산 사투리를 쓰는 오빠였다. 영어를 잘하고 싶어 하지만 익숙하지 않아 외국인 친구들과 어울리는 일을 처음엔 조금 어려워했다. 반면 여러 언어에 능숙한 유럽 학생들과 미국·캐나다에서 온 학생들은 이미 서로 연락처를 주고받으며 점심 약속까지 잡고 있었다.

그러던 중 한 학생이 다가와 물었다. "Where are you from?" 평소처럼 자연스럽게 "I'm from California"라고, 미국이라는 나라 이름 대신 주 이름을 말해 당당한 캘리포니아 사람처럼 대답했다. 그러자 다른 학생이 "그럼 미국에서 태어났어?"라고 물었다. 나는 10대 초반에 미국으로 이민 왔고, 그 뒤로 줄곧 미국에서 지내다가 최근 한국에 머물다 왔다고 설명해 주었다. 하지만 미국에 사는 한국인이라는 설명이 충분하지 않았는지 이어서 누군가 다시 물었다. "그럼 넌 미국인이야, 한국인이야?"

미국에서도, 한국에서도 받아본 적 없는 질문이었다. 10대 시절 나를 오래 혼란스럽게 했던 그 질문을 누군가 또다시 던지고 있었다. 입으로는 한국계 미국인이라고 말하고 싶었지만, 내 여권에는 여전히 국적이 한국으로 적혀 있었다. 부끄러운 일도 아닌데 나는 선뜻 한국인이라고 대답하지 못했다. 10년 넘게 한국을 떠나 지내며 한국을 잘 모르는 사람이 되어버린 탓에 자신을 미국인에 가깝다고 생각하게 된 건지, 아니면 그때까지도 내가 누구인지 확신하지 못했던 건지 모르겠다.

내 대답과는 상관없이, 같은 반 학생들과 한국인 유학생들 사이에서 나는 영어 잘하는 한국인이 되어 있었다. 한국 유학생들처럼 유행에 민감한 옷차림을 하지 않았고, 이민자가 많은 캘리포니아에서 영어를 배워 한국적이지는 않지만, 또 다른 특유의 억양을 갖고 있었다. 그러다 보니 중국어 발음 역시 어딘가 애매해져서, 단골 가게나 자주 가던 집 앞 빵집 사장님은 나를 해외에서 온 중국계 교포로 착각하곤 했다. 동글동글한 얼굴형도 그런 오해를 부추기는 데 한몫했다.

한 학기가 지나 고급반으로 올라가자, 확실히 한국과 일본에서 온 학생들이 많았다. 누군가 묻지 않아도 자연스레 나는 한국인 그룹에 속하게 되었다. 교환 학생도 많아서, 내가 겪어보지 못한 한국 대학 생활이나 취업난 이야기를 종종 들었다. 서울에서 왔든 지방에서 왔든 관계없이 그들이 가장 부러워한 점은 내가 영어를 자연스럽게 쓴다는 사실이었다. 나로서는 10년을 산 것치고는 부끄러울 정도의 영어였는데도 말이다. 수업을 따라가느라 사전 찾으며 익힌 학업용 영어로는 친구들과 있을 때 농담이나 은어를 다 알아듣지 못해 갸우뚱할 때가 많았다. 그럴 때면 나는 여전히 이방인 같았다.

한국 학생들 사이에서도 나는 아주 편하지는 않았다. 한국의 대학 문

     낯선 도시에서, 내게 물었다

화도, 수험생 문화도 전혀 겪어보지 않은 나는 쉽게 공감대를 찾기 어려웠다. 그런데도 불구하고 한국어를 쓴다는 이유 하나로 그들은 나를 '우리'라는 공동체의 한사람으로 받아들였고, 어딜 가든 챙겨주었다. 우리나라, 우리 반. '우리'라는 단어는 한국인의 소속감과 정체성을 상징하는 말이었다. 온전히 이해하지 못하는 한국 문화 속에서도, 그 '우리' 속에 내가 포함되어 있다는 사실이 좋았다.

한국어도 영어도 아닌 제3의 언어인 중국어를 매일 듣고 쓰고 말하는 이곳에서, 나는 코리언 아메리칸이 아니라 미국에서 자란 한국인으로 지내보기로 했다. 물론 새로운 언어를 익힐 때는 두 언어를 다 찾아봐야 했지만, 검은 머리에 노란 기가 도는 흰 피부의 한국인은 비슷하면서도 다양한 사람들이 섞여 사는 다채로움이 매력인 이 도시에 제법 잘 어울렸다.

그렇게 중국에 머무는 2년 동안 세계 60개국 이상의 국가에서 온 사람들이 모인 교회 한가운데 앉아 있어도, 한국에서 온 어릴 적 친구와 중국 동쪽 끝에서 서쪽 끝까지 여행을 하며 다양한 사람을 만날 때도, 황푸강을 건널 때 유람선 대신 현지인들이 타는 출퇴근 통통배를 탈 때도 누군가 "Where are you from?"이라고 물으면 주저하지 않고 대답했다. 한국인이라고. 당신이 아는 한국인과 조금 다를지 모르겠지만 여전히 나는 한국인이라고. 그러면 상대는 그럴 줄 알았다는 듯이 웃으며 고개를 끄덕였다.

그들에겐 내 대답이 당연한 것이었을까. 그 낯선 이의 대답 대신 돌아온 미소를 바라보며, 내 안에는 오랜 시간 느껴보지 못했던 자신감과 안정감이 조용히 자리 잡았다. '한국인'이라는 단어 하나만으로 나를 설명하기에는 여전히 부족했지만, 그 앞에 생략된 수많은 수식어를 마음속에 품은 채, 다양성을 포용하는 이 도시에서, 나는 서둘러 정의되기보다 나만의 색을 천천히 찾아가 보기로 했다. 타인의 시선과 낯설었던 도시는, 그렇게 잊고 있던 '나'를 다시 불러냈다.

  낯선 도시에서, 내게 물었다

3
여전히 이방인이었던 서울

나에게 서울은 언제나 돌아와야 할 고향이지만, 막상 발을 내디디면 가장 낯선 표정을 짓는 도시였다. 어린 시절 미국에서, 20대엔 상하이에서, 그리고 이제 서울에서. 나는 늘 새로 시작하는 사람이다. 이번 귀국도 내가 원해서 택한 길은 아니었다. 여러 선택지 가운데 그나마 가장 나은 선택지를 고른 결과일 뿐이었다. 여권의 녹색 표지는 변함이 없었지만, 내게 한국은 여름방학마다 잠시 머물다 떠나는 여행지 같은, 멀고도 가까운 곳이었다. 그렇게 오랜만에 '거주자'로 돌아온 한국은 그리움과 낯섦이 뒤섞여 보였다.

나는 어느 곳에 가도 금방 정착할 사람처럼 지내는 편이라 늘 짐이 많다. 큰 캐리어 두 개와 더플백, 그리고 캐리어 식 배낭을 기사님께 죄송스레 부탁하며 택시에 올랐다. 초가을이라도 한낮의 열기는 남아 있었는데, 공항과 택시 안은 늘 그렇듯 쾌적했다. 그을린 피부 때문인지, 해외 생활의 어설픈 말투 때문인지 기사님은 첫 질문으로 "어디에서 오셨어요?"라고 물으셨다. 곧이어 "하와이? 아니면 중국? 대련 쪽인가?" 하고 자신 있게 추측하셨다. 겨우 1년 남짓 머문 중국에서 말투가 바뀌었을 리는 없지만, 그 나름의 감각이 재미있어 웃음이 났다. "둘 다 다녀왔어요. 그래도 한국 사람이에요." 하고 짧게 답했지만, 괜히 스스로 한국을 잘 아는 척한 건 아닐지 마음 한편이 조금 불편했다.

김포공항에서 할머니 댁은 멀지 않았다. 막내 고모가 마중 나와서 집은 금방 찾을 수 있었다. 새로 이사한 아파트 단지는 도심에서 조금 떨어져 있었지만, 공원이 많고 교통도 편리해, 오히려 나에게는 도심보다 편안하게 느껴졌다. 귀국 첫 주에는 큰고모와 사촌들, 둘째 고모와 삼촌이 차례로 들러 할머니를 챙기며 자연스럽게 나도 함께 챙겨주었다. 내가 한국을 떠난 시기가 10대 초이어서인지, 가족들은 여전히 그 시절의 나를 대하듯 다정했다. 특히 미국 생활 경험이 있는 둘째 고모는 지금의 한국이 나에게 얼마나 낯설지 누구보다 잘 이해하고 계셨다. 가족들의 다정함은 고마웠으나, 그 다정함은 이방인 손님을 향한 친절함과 닮아 있었다. 그 친절함 앞에서 난 아직 이 땅에 온전히 도착하지 않은 사람 같았다.

귀국한 지 일주일쯤 지나자, 스물여섯의 나는 조금 불안해졌다. 친구들은 이미 취업과 시험 준비로 바빴고, 언어학을 전공한 나는 한국에서 무엇을 해야 할지 감이 잡히지 않았다. 원어민도 아니고, 특별한 학력

　　　　　　　　　　　　　　　　낯선 도시에서, 내게 물었다

도 아니었다. 이력서에는 미국 학위와 과외 경력 정도만 남았다. 그래도 이중언어 구사자를 찾는 곳이 꽤 있어 단기 초등 영어 캠프에서 첫 일을 시작하게 되었다.

캠프에서 함께한 사람들은 다양했다. 미국 박사 과정 중 한국 관련 자료를 찾으러 온 선생님, 한국에서 살아보고 싶어 나온 한국계 미국인, 그리고 한국 대학생 보조교사들. 6주 동안 우리는 영어로 가르치고 말하고 회의했다. 캠프 안은 작은 미국 같았다. 한국 이야기를 나눌 때도 있었지만 대부분은 제3자의 시선이었다. 그들의 시각이 더 넓고 깊게 느껴질 때면, 나는 이 대화를 함께할 자격이 있는가 하는 생각이 스치곤 했다. 내게 한국은 연구 대상이 아니라 그리움이 깃든 장소였을 뿐, 나 역시 한국을 떠났던 사람이란 사실이 시간이 흐르며 더 선명해졌다.

두 번째 직장은 동부이촌동의 영어 학원이었다. 학생들은 외국인 학교나 국제학교에 다니는, 한국에 사는 외국인 아이들이었다. 부모들 역시 한국을 잘 이해하지 못하거나 해외 생활 경험이 있었다. 그런 환경이 나와 닮았다고 생각해 다른 기대를 안고 시작했지만, 곧 그것도 오해였음을 알았다. 외국 국적을 가졌다고 해서 사고방식까지 외국적인 것은 아니었다. 아이들도 부모들도 한국어가 더 편했고, 한국식 사고에 익숙했다. 그때 문득, 몇 년 전 한국에 놀러 온 동생이 외국인 학교 친구들과 운동하고 난 뒤 했던 말이 떠올랐다. "누나, 쟤들이 하는 영어는… 잘 모르겠어. 자기들끼리만 통하는 말 같아."

한국에서 외국인으로 산다는 것은, 어쩌면 미국의 한인 사회가 자신의 작은 문화를 만들어 가듯, 이곳에서도 자신들의 작은 사회를 형성한단 뜻인지도 모른다. 그렇다면 여기 역시 내 자리는 아닐 수 있겠다는 생각이 들었다. 그 흐릿한 생각은 어느 학부모의 말로 선명해졌다. 시험에서 답을 밀려 적어 낮은 점수를 받은 아이의 부모는 감정이 격해져 영어 욕설까지 하며 말했다. "나도 미국에서 학교 다니고 영어교육 전공해서 알 건 다 알아요. 한국에서 이렇게 하면 안 되죠. 우리 남편이 교포인데 이러면 가만히 안 있을 거예요."

한국에서는 '어떻게' 일해야 한다는 걸까. 아이가 집중을 못 해 답을 잘못 적은 것과 부모의 국적은 아무 상관도 없는데. 원장은 한 귀로 듣고 한 귀로 흘리라고 했지만, 나는 다시 묻게 됐다. 이 땅에서 나는 누구에게 이해받을 수 있을까. 10대 시절부터 이어진 정체성의 혼란은 다시 나를 미궁으로 데려갔다. 다시 '돌아온' 자리에 맞지 않는 사람이라면 한국도 미국도 아닌 내 자리는 도대체 어디인지 알 수 없었다.

학원을 1년 채우고 나서야, 나는 오래 미뤘던 꿈을 꺼냈다. 통·번역 학원. 통역사가 되고 싶었던 이유는 단순했다. 미국에서 언어 문제로 사회생활이 어려운 한인을 많이 보았기 때문이다. 지금은 기술이 눈부시게 발전했지만, 2000년대 초반 미국에서 통역 없이 지낸다는 건 쉽지 않았다.

  낯선 도시에서, 내게 물었다

학원에는 다양한 배경을 가진 사람들이 모였다. 해외에서 자란 이들, 특목고 출신, 몇 년째 준비하는 사람들. 이곳에서는 누구도 외국인이나 국내파로 나뉘어 불리지 않았다. 모두 언어를 좋아하고, 언어로 세상을 연결하고 싶어 하는 사람들이었다. 내가 굳이 누군가인가 고민하지 않아도 편하게 소속감을 느낄 수 있었다. 이후 전문 통역사의 길을 택한 이는 많지 않았지만, 모두가 자신만의 방식으로 언어와 문화를 전하는 삶의 방향을 찾아갔다.

이방인을 내치는 이가 있는가 하면 품는 이도 있었다. 교회에서 친하게 된 한 동생의 말이 이 땅에서 나로서 살아가도 괜찮을 것 같단 용기를 주었다. "언니가 처음 인사할 때마다 안아주고 표현도 직접적이라 미국 스타일인가 했는데, 시간이 지나니 그 포옹이 쌓이고 쌓여 힐링이 됐어. 먼저 표현해 주니 우리도 속 깊은 얘기까지 할 수 있었던 것 같아." 정체성 찾기에 지쳐있던 나를 살리는 말이었다.

그 과정에서 나는 깨달았다. 나는 단순히 영어를 구사하는 사람이 아니라, 어디서든 살아낼 수 있는 적응력을 습득한 사람이라는 것을. 그렇다면 내 뿌리인 이 나라에서도 그 능력이 통하는지 확인해 보고 싶었다. 타지에서 낯선 문화와 언어를 익혀왔으니, 내가 태어나 사고의 기반을 쌓은 이곳에서 정착하지 못할 이유는 없지 않을까.

여전히 강남역의 혼잡한 인파 속에서 한쪽으로 밀려나기도 하고, 잘못된 버스를 타고 종점까지 갔다 오기도 한다. 한국어의 미묘한 뉘앙스를 놓쳐 오해하거나 받기도 했지만, 그런 경험조차도 여기서 살아간다는 증거라고 생각했다.   비록 완벽히 내 자리는 아니어도, 완전히 남의 자리도 아닌 이곳에서 나는 조용히 기대한다. 언젠가 이곳에서도 자연스러운 소속감이 찾아올 거라고. 그리고 소속감은 한순간에 만들어지는 것이 아니라 그 삶의 풍경 속에 천천히 스며들며 물들어가는 과정임을 이미 수차례의 이주를 통해 알고 있었다. 그래서 내가 있는 자리에 서두르지 않고 기다리기로 했다. 이 애매한 경계 위에서 나만의 속도로 걷는 이 길이, 결국 나를 나답게 만드는 가장 특별한 여정이 될 것을 믿기로 했다.

 낯선 도시에서, 내게 물었다

4
엘에이에서 뿌리내리는 연습 중

아침에 천천히 눈을 뜨고 간단히 아침을 먹은 뒤, 데이케어에 아이를 데려다주기 위해 1층 차고로 내려갔다. 문을 여는 순간, 아침의 차가운 공기 속으로 햇빛이 흘러들었다. 아직 20개월밖에 되지 않은 아이는 매일 보는 집 앞 나무에서 떨어진 열매와 잎사귀를 늘 신기한 듯 들여다보며 손으로 만지작거렸다. 나는 아이가 이해할 만한 말들로 계절을 설명해 주고, 천천히 아이를 카시트에 태워 길을 나섰다. 차로 10분이면 닿는 가까운 거리지만 그 정도 거리를 걷기에는 아직 이른 나이고, 그늘이 드문 엘에이의 겨울 햇살은 늦은 아침에도 눈이 시릴 만큼 강했다. 그렇게 또다시, 오래전 내가 시작했던, 익숙하면서도 여전히 낯선 여행의 시작점으로 돌아왔다.

아침에 일어나 어딘가로 이동하고, 일을 마친 뒤 다시 차를 타고 집으로 돌아오는 반복의 시간. 광활한 사막 위에 지어진 도시의 특성상 어디든 차로 이동해야 하고, 그만큼 차 안에서 하루의 많은 시간을 보낸다.

아마도 이곳 사람들에게는 너무나도 익숙한 생활일 것이다. 어느새 그들의 일상이 나의 일상이 되었다.

결혼하고 아이를 낳으며 나는 미국에 남아 살기로 했다. 함께 다른 도시도 살아봤지만 결국 아이를 낳고 자리를 잡기로 한 건 캘리포니아였다. 사실 이 결정은 남편이 먼저 꺼낸 이야기였다. 유학을 와 홀로 자리를 잡은 남편은 우리 친정이라도 좋으니 가족 가까이에 살고 싶어 했다. 처음 그 말을 들었을 때, 대학 졸업 이후 한 도시에서 오래 머물러 본 적 없는 나는 정착이라는 단어가 낯설었다. 어쩌면 이방인의 삶에 너무 익숙해진 탓이었는지도 모른다.

그러나 아이를 낳고, 연락이 끊겼던 친구들과 다시 안부를 주고받고, 새로운 이웃들을 만나면서 자리를 잡아 간다는 말이 어느 순간 마음속에 서서히 스며들기 시작했다. 마음속 나는 여전히 삶을 여행하듯 살아가는 사람이라고 느끼지만, 나의 일상과 내가 만나는 사람들, 그리고 내가 머무는 공간은 어느새 나를 이곳의 사람으로 받아들이고 있었다.

그리고 문득, 앞으로 이곳에서 자라게 될 아이의 뿌리가 흔들리지 않게 하려면 먼저 나의 뿌리부터 내려야 한다는 생각이 들었다. 어린 시절을 보냈다고 해서 이곳이 마냥 익숙한 곳이 아닌 이유는 여러 도시를 거치며 나 또한 변했기 때문일 것이다. 그래도 용기 내서 이제는 내가 정한 보금자리에서 한 사람의 아내로, 엄마로, 딸로 그리고 나로 살아가기

　　　　　　　　　　　　낯선 도시에서, 내게 물었다

로 했다. 나는 여전히 새로 시작하는 사람이다. 이제는 그 시작점을, 또 내가 어떤 사람이 될 것인지 결정할 힘이 생겼다. 이곳에서 나의 계절이 흘러가고, 천천히, 천천히, 조금 더 깊이 스며들어 가고 있다.

아이를 데이케어에 데려다주고 돌아오는 길, 나는 종종 10년 전 다니던 대학원 앞을 지나곤 한다. 그때는 몰랐다. 이 길이 언젠가 내 아이를 데려다주는 길이 될 줄은. 내가 그렇게 벗어나고 싶었던 이 도시가 내 아이의 고향이 될 줄은.

한국에서의 삶은 즐거운 순간도 많았지만, 동시에 사무치게 외로웠다. 한국어로 말하고, 한국 사회 안에서 살고 있으면서도 나는 늘 이방인이었다. 그 애매한 위치에서 버티는 일이 점점 힘에 부쳐, 도망치듯이 학교에 지원했다. 다시 유학생의 신분으로 미국에 돌아왔지만, 이번에는 혼자가 아니었다. 이곳에는 내가 온전히 기댈 수 있는 부모님이 계셨고, 나와 같은 시간을 건너 자란 동생이 있었다.

대학원에는 나처럼 한국이나 다른 나라에서 영어를 가르치며 이방인으로 살아온 사람들이 있었다. 미국에서 외국인에게 영어를 가르쳤거나 가르치고 싶은 사람들도 있었다. 여러 문화가 공존하는 이 도시로 돌아와, 우리는 각자가 얻은 새로운 시야를 나누었다. 그제야 난 내 자리로 돌아온 느낌이 들었다.

대학원을 졸업할 때쯤 유학생인 남편을 만났고, 우린 함께 이곳에서 뿌리를 내리기로 약속했다. 가족이 많지 않은 우리의 아이가 할머니 할아버지의 집의 뒷마당에서 뛰놀며 자랄 수 있는 곳. 자신과 비슷한 이민 가족의 애환을 자연스레 나눌 수 있는 곳. 여기만큼 이방인의 아이에게 안전한 곳이 없었다.

잠자리에 들기 전, 남편과 나는 함께 아이에게 책을 읽어준다. 한국어 그림책과 영어 그림책을 번갈아 읽으며, 나는 문득 생각한다. 이 아이에게는 '어디에서 왔어?'라는 질문이 어떤 의미일까. 나처럼 혼란스러울까, 아니면 당연하게 두 문화를 품고 자랄까.

이방인으로 자라 이방인으로 돌아온 이 도시에서 나는, 그리고 우리는 어떻게 아이에게 흔들지 않는 토양이 되어줄 수 있을까라는 질문을 수없이 해봤다. 사실 아직은 잘 알 수 없지만, 한 가지는 확실하다. 나는 이제 더 이상 이방인이 아니다. 완벽한 현지인은 아닐지라도, 이곳에 기꺼이 뿌리를 내리기로 선택한 사람이기 때문이다. 뿌리를 내리고 있는 사람이라는 것. 그리고 가족과 함께라면 예전과 같이 흔들리지 않고 그 뿌리를 깊이 내릴 수 있다는 믿음이 내 안에 심겨졌다.

   낯선 도시에서, 내게 물었다

송현지

"태권 가족, 우리가 만든 또 하나의 길"

캐나다 거주 20년 차
오피스 매니저

캐나다 중부에 있는 한 회사에서 오피스 매니저로 일하며, 퇴근 후에는 태권도 도장에서 아이들과 함께 수련하는 엄마다. 태권도를 통해 가족이 성장하는 이야기를 기록하고 있다. 현재 태권도 심판이자 주 협회 이사로 활동하며, 도장 안팎에서 배움과 나눔의 가치를 전하고 있다. 나에게 태권도 선수들은 언제나 무대 위 아이돌처럼 빛나는 존재들이다.

Q1. **가족이라는 울타리 안에서, 그리고 이민자로서의 삶 속에서, '나'를 지키기 위해 가장 중요하게 여긴 것은 무엇인가요?**

'나라는 존재를 잃지 않기'. 해외 생활의 외로움을 알기에, 캐나다에서 육아와 직장 생활을 함께 해왔어요. 아이들과 함께 수련하며 태권도는 제 삶의 에너지가 되었고, 저 역시 계속 성장하고 있어요. 끊임없이 커가는 '나' 라는 존재가 있기에 캐나다 태권 가족도 더 빛나는 것 같아요.

Q2. **태권도를 처음 시작하셨을 때, 가장 기억에 남는 장면이 있다면 무엇인가요?**

아이들을 위해 겨울엔 스키·스케이트, 여름엔 수영까지 바쁘게 데려다주며 저는 늘 벤치에서 지켜보는 학부모였어요. 일 끝나고 아이들 액티비티에 시간을 보내는 게 제 일상이었죠. 그런

데 태권도는 달랐어요. 함께 도복을 입고 한 팀처럼 도장에 갔
어요. 아이들과 같은 진도로 연습하고 땀 흘리니, 앉아서 아프
던 허리 통증도 자연스레 사라졌어요. 운동 후 함께 먹는 저녁
은 꿀맛이었고, 가족이 같은 활동을 공유하는 시간이 제게는
진짜 행복이었어요.

Q3. **태권도 가족으로서 함께 훈련하고 대회에 나가며 서로에게 어떤
변화가 생겼나요?**

도장의 규칙이 집에서도 자연스럽게 통하기 시작했을 때, 태권
도가 우리 가족의 하나의 언어가 되었음을 느꼈어요. 아빠가
블랙벨트라 아이들은 태권도 예절을 집에서도 실천했죠. 아홉
살, 여섯 살, 아이들이 아빠가 부르면 "Yes, sir."이라 답하는 모
습이 참 인상적이었어요. 가족 품새 대회에 나가서 서로의 호
흡과 템포를 숨소리로 느끼게 된 것도 큰 변화였어요. 그렇게
성장하며 태권도는 우리 가족만의 언어로 깊이 자리 잡았어요.

Q4. **태권도와 이민 생활의 두 세계를 만나며 만들어낸 가장 큰 깨달
음은 무엇이었나요?**

"다름을 인정하는 것". 이민 1세대인 신랑과 저는 자연스럽게
'다름'을 받아들이며 살아왔지만, 캐나다에서 태어난 아이들은

외모, 언어, 음식 등 보여지는 것들에 대한 질문을 통해 자신의 정체성을 천천히 이해해 가야 했어요. 태권도를 시작하면서 변화가 찾아왔고, 도장은 아이들에게 한국을 만나는 가장 편안한 공간이 되었어요. 태권도와 한국 방문을 통해 아이들은 두 문화를 나란히 품게 되었고, 이민의 삶은 그렇게 다름을 통해 더 넓어지고 있어요.

Q5. **지금의 당신에게 '나다운 삶'이란 어떤 의미인가요?**

살아가는 매 순간이 자연스럽게 '나다운 느낌'이에요. 엄마이자 아내로서의 시간도 감사하고, 직장에서는 또 다른 제 모습이 있죠. 퇴근 후엔 수련생으로 태권도를 배우고 있어요. 토너먼트에서는 공정함을 고민하는 심판이 되며, 협회 봉사에서는 수련생들의 혜택과 태권도의 보급을 위해 노력해요. 가슴 두근거리고 즐거운 순간을 선택하라면 저는 망설임 없이 태권도라고 말할 거예요. 그만큼 태권도는 제 삶에서 지금 현재 가장 '나다운 순간'을 만들어 주는 것 같아요.

1
캐나다 중부에서 열린 우리의 첫 무대

우리 가족의 태권도 여정은 2021년 코로나 시기에 시작되었다. 처음엔 막내아들을 태권도장에 등록시키려 했지만, 아직 어려서 그 다음 해에 오라는 말을 들었다. 우리 도장은 만 6세부터였다. 그렇게 막내는 보류 상태가 되었고, 자연스럽게 시선은 딸에게로 향했다.

당시 딸은 목소리도 작고 성격도 소극적이었다. 태권도를 통해 자신감을 키워주고 싶었다. 그래서 기초반에 딸을 등록시켰고, 나는 계획에도 없던 태권도를 함께 다니기 시작했다. 코로나 시기라 수업 정원도 제한되어 있었고, 남편은 이미 블랙벨트라 기초반에 신청할 수 없었다. 남편은 일 마치고 집에만 있는 아내가 조금은 움직였으면 좋겠다는 생각이 들었던 것 같다. 게다가 내가 함께 배우면 아이의 등하원 라이드가 해결되니 일거양득이었다.

이렇게 나와 딸은 손을 맞잡고 태권도를 시작했다. 그때 남편은 얼마나 하겠어 하는 마음이었다고 한다. 하지만 우리가 태권도를 시작한 지

어느새 5년이 되었다. 한때는 나와 전혀 상관없다고 생각했던 '대한민국 스포츠 태권도'가 이렇게 깊이 우리 가족의 삶에 스며들 줄은 몰랐다. 매트 위에서 함께 웃고, 땀 흘리고, 때론 부상을 겪으면서도 우리는 매일 조금씩 성장하고 있다. 이 글을 시작으로, 우리 가족의 따뜻하고 유쾌한 태권도 이야기를 하나씩 풀어보려 한다. 우리처럼 평범한 가정도 태권도를 통해 특별한 이야기가 될 수 있다는 것을 보여주고 싶다.

2022년 2월 태권도를 시작한 지 1년도 안 되었을 때였다. 한국에서는 1년이면 검은띠를 따는 경우도 있다고 들었다. 우리 도장에서는 어림없는 이야기였다. 우리 도장은 아주 천천히, 그리고 착실하게 단계를 밟아 가는 곳이었다. 우리 도장은 승급이 느린 편이다. 그래서 나는 첫 대회 때도 노란 띠였다. 긴장보다 설렘이 더 컸다. 4시간 운전 끝에 도착한 경기장, 그곳에서 울려 퍼진 애국가에 가슴이 뭉클했다. "동해물과 백두 산이 마르고 닳도록…" 따라 부르는데 목이 메었다. 태권도를 하다 보니 이런 순간이 오는구나 싶었다. 해외에 살다 보면, 애국가 소리만 들어도 가슴이 벅차오르는 때가 있는데 그날이 바로 그런 날이었다.

처음 경험해 보는 토너먼트는 오전에 품새 경기로 시작되었다. 두 명의 선수를 호명하는데, 같은 벨트 레벨이거나 비슷한 벨트의 선수 두 명씩 매치시켜 품새의 승부를 겨룬다. 한 번으로 끝나지 않았다. 품새를 몇 번 할 수 있는 기회가 있었고, 잘 한 사람들은 결승에서 품새를 한다.

 낯선 도시에서, 내게 물었다

진 적이 있는 선수들은 패자부활전을 통해 동메달을 위한 품새를 한다. 내가 한 품새는 태극 1장. 그리고 인생 첫 금메달이었다. 학창 시절 내내 대회에 나가본 적도 없던 내가, 마흔 살이 넘어서 금메달을 목에 걸었다. 나도 놀랐지만, 관중석에 있던 가족들도 동그란 눈으로 나를 바라보며 깜짝 놀랐다. 딸은 은메달이었다. 동작을 다 정확히 했지만, 조금 약하게 보였던 걸까. 그래도 너무 멋졌다. 처음인데 정말 잘했다고 생각했다. 하지만 본인은 조금 아쉬웠던 모양이었다.

물론 그날 감동은 거기서 끝나지 않았다. 오후 겨루기(스파링)에서 나는 도장에서 늘 함께 훈련하던 친구와 겨루었다. 둘 다 할 줄 아는 건 돌려차기 하나뿐이라 그걸로만 계속 싸웠더니 막상막하였다. 우린 감점을 잔뜩 받았다. 그때는 왜 감점인지도 몰랐는데 직접 경험해 보니 그제야 규정이 눈에 들어왔다. 규칙을 몸으로 배워가는 과정이었다. 그래서 다들 대회를 나가보라고 하는구나 싶었다. 역시 뭐든 몸으로 부딪쳐 봐야 진짜로 알게 된다. 딸은 자신보다 훨씬 큰 아이와 겨루게 되었다. 노란 띠 vs 보라색 띠, 완전 미스매치처럼 보였다. 딸은 노란 띠 아니면 주황색 띠랑 경기해야 하는데 몇 단계나 높은 보라색 띠었으니 말이다. 그런데 놀랍게도 딸이 이겼다. 옆차기를 배운 적도 없었는데, 경기 중에 본능적으로 그 기술을 썼다. 그렇게 딸도 겨루기에서 금메달을 목에 걸었다. 온 가족이 함께 첫 토너먼트를 경험하고 경기를 본 그날, 남편과 아들의 마음속에도 태권도의 불씨가 피어나기 시작했다. 딸과 내가 계속 수련을 이어가자, 아빠와 아들은 슬슬 도장 등록을 고민하기 시작했다. 이렇게 해서 우리 집 '태권 가족'의 이야기가 서서히 시작되었다.

1년이란 시간이 지나고 나서야 우리 가족 모두가 태권도를 함께 하게 되었다. 시작한 이유는 저마다 달랐지만, 가족끼리 공동의 관심사가 생긴다는 것, 그게 이렇게 기분 좋은 일인 줄은 미처 몰랐다. 운동이든 음악이든, 같은 시간, 같은 공간에서 함께 한다는 것. 그 자체로 우리 가족에게는 행복이었다.

그즈음 막내가 여섯 살이 되었다. '이제 등록만 하면 되겠다.' 싶었는데, 막내가 단호하게 말했다. "I don't want to get yelled at(누가 나한테 소리 지르는 게 싫어요)." 이유는 간단했다. 도장의 관장님이 워낙 호랑이 스타일이어서 콧물을 흘리며 울먹이는 아이들을 보며 자신은 절대 저렇게는 안 되겠다고 마음먹은 것이었다. 그 마음이 이해되었다. 하지만 수업 시간에 보호자가 필요했다. 막내를 집에 혼자 둘 수 없으니 결국, 가족과 함께라면 괜찮을 거라는 설득이 통했다. 본인의 선택은 아니었지만 엄마와 누나가 하는 것을 보며 자연스럽게 태권도의 길에 들어섰다. 작은 몸에 호구까지 입으니, 인형처럼 귀여워 보였다. 보기만 해도 사르르 웃음이 나왔다. 그런데 그 모습으로 겨루기까지 한다니, 정말 믿기지 않았다. 막내는 '리틀 드래곤'이라는 이름으로 첫걸음을 내디뎠다. 남편은 국기원 단증 번호가 있어서 바로 블랙벨트로 등록했다. 10년 전만 해도 허리가 아파서 제대로 걷지도 못했던 사람이 지금은 발차기를 척척 해내고 있다니 신기했다. 그렇게 우리 가족은 태권 가족이 되었다. 그전까지는 준비운동이었다면, 이제부터는 본경기가 시작된 셈이다. 우리 가족의 태권도 이야기, 이제 진짜 이야기가 시작된다.

2
하나의 팀이 되어가는 시간

우리 아이들은 캐나다에서 태어나고 자랐다. 직장인 엄마였던 나는 아이들을 어릴 때부터 캐나다인 베이비시터 손에 맡겨야 했다. 첫째는 그래도 한국말을 조금 했지만, 둘째는 11개월 무렵부터 캐나다인 베이비시터에게 맡겨져 영어가 훨씬 자연스럽고 말하기도 쉬워했다. 엄마 아빠가 한국어로 말하면 눈치껏 알아듣지만, 대답은 늘 영어였다.

그랬던 아이들이 태권도를 시작하면서, 어느 날부터인가 한국어로 숫자를 세기 시작했다. 가르쳐준 적도 없는데 막내가 "스물하나, 스물둘…" 하며 숫자를 세는 모습을 보고 정말 놀라움을 금치 못했다. 오른쪽과 왼쪽을 구분하고, '청'과 '홍'이라는 단어도 자연스럽게 익혀갔다. 캐나다인 관장님 태권도 수업에서는 언제나 태권도 용어를 영어와 한국어로 함께 가르쳐 주셨다. "차렷, 경례, 준비, 시작!" 그 덕분에 굳이 한글학교를 찾지 않아도 되었다. 아이들은 태권도 기술뿐 아니라 한국말과 한국 문화를 함께 배우고 있었다. 고개 숙여 인사하는 법, 예의를 지

 낯선 도시에서, 내게 물었다

키는 태도, 심지어 양반다리 하는 법까지 배웠다. 토너먼트를 여러 번 다니더니 이제는 애국가도 제법 잘 따라 부른다. 태극기를 보면 어느 쪽이 위고, 어느 쪽이 왼쪽인지도 정확히 안다.

많은 아이가 영어를 배우거나 하키, 스케이트를 배우기 위해 캐나다로 유학을 온다고 한다. 그런데 우리 아이들은 이곳에서 태권도를 통해 한국의 언어와 문화를 배우고 있다. 그래서 가끔은 농담처럼 이렇게 말하곤 한다. "우리 아이들은 한국에 태권도 유학 보내야 하는 거 아니야?"

아빠와 막내가 태권도를 시작하고 나서 가장 좋았던 건 오픈 트레이닝(자율 연습 시간)이었다. 오픈 트레이닝은 등록된 관원이 연습하러 올 수 있는 개방된 시간이다. 평소엔 각자 다른 시간에 수업을 들어 함께 운동할 기회가 없었는데, 오픈 트레이닝 날만큼은 예외였다.

우리 가족은 도복을 입고 한 팀처럼 도장으로 향했다. 같이 워밍업하고 발차기 연습을 하고, 때로는 품새를 맞춰보는 시간, 그게 바로 우리만의 패밀리 타임이었다. 부모님과 함께 땀 흘리며 같은 눈높이에서 운동하니, 아이들도 이 시간을 좋아했고 더 가까워진 느낌이었다. 어느 날, 도장에서 함께 훈련하던 친구가 우리 가족의 팔굽혀 펴기 장면을 찍어줬다. 온 가족이 도복을 입고 나란히 팔굽혀 펴기하는 사진이라니, 정말 태권 가족다운 사진이었다. 그 사진을 보면 그날의 땀 냄새, 웃음소리, 아이들의 숨소리까지 떠오른다. 지금도 우리 가족의 보물이다.

우리 도장에는 가족 단위로 태권도를 하는 사람들이 많다. 처음엔 아이 한 명만 등록하지만, 수업을 지켜보다 보면 부모님도 함께하게 된다. 그렇게 오픈 트레이닝 날이면 도장은 가족들의 에너지로 가득 차고, 모든 순간이 단순한 운동이 아니라 가족을 단단하게 이어주는 시간이 된다. 도복을 입고 함께 훈련하는 시간, 태권도라는 이름 아래, 우리는 점점 '가족이라는 팀'이 되어가고 있었다.

태권 가족이 된 지 1년쯤 지났을 무렵, 2023년 4월 토너먼트에 '가족 품새' 종목이 있다는 사실을 알게 되었다. 순간, 우리 가족의 눈이 반짝였다. 규칙은 간단했다. 가족이 함께 태극 품새를 한다. 기준은 가장 낮은 레벨의 사람에게 맞춘다. 우리 가족에서 가장 낮은 레벨은 막내였는데, 관장님은 특별히 가족 품새를 위해 아들에게 태극 1장을 따로 가르쳐 주셨다. 리틀 드래곤 수업에서는 품새를 배우지 않기 때문이다.

우리 가족의 전략은 '싱크로'였다. 누가 혼자 잘하는 것이 중요한 것이 아니라, 네 명이 한 몸처럼 움직이는 것이 중요했다. 아빠는 사선 맨 앞, 아이들은 나란히 중간, 나는 오른쪽 맨 뒤였다. 막내는 제일 작고 귀여웠다. 자연히 시선이 쏠렸다. 하지만 그만큼 더 집중하고 열심히 연습했

 낯선 도시에서, 내게 물었다

다. 첫 대회라 그런지 진지함이 남달랐다. 태극 1장은 기초 품새지만, 우리 가족에게는 하나의 임무였다. 시작 인사부터 마지막 경례까지, 타이밍이 딱 맞아야 했다. 우리는 '누가 더 잘하느냐'보다 '함께 얼마나 조화를 이루느냐'를 더 중요하게 생각했다.

심사 방식도 흥미로웠다. 기술력 4점, 표현력 6점(총점 기준)으로 평가되어 점수가 스크린 화면에 바로 공개되었다. 마치 세계 품새 대회에 참가한 것처럼 긴장됐다. 결과는 금메달! 가족이 함께 품새를 완성했다는 것만으로도 감동이었는데, 금메달까지 받으니 정말 행복했다. 그 순간, 우리는 진정한 태권 가족이라는 것을 다시 한번 느꼈다.

오후에는 본격적인 스파링 경기가 시작되었다. 첫 주자는 아들이었는데 아들 상대는 키가 훨씬 큰 아이였다. '이렇게 체급 차이가 나도 되나?' 싶었지만, 참가 인원이 적은 대회에서는 흔한 일이어서 우리는 응원에 집중했다. 첫 경기는 아쉽게 패배했다. 하지만 다행히 단판승제가 아니어서 다시 기회가 주어졌다. 딸도 첫 경기에서 자신보다 머리 하나는 큰 상대를 만났다. 몇 년 전, 딸이 노란 띠일 때 이 아이는 보라색 띠였는데, 그땐 딸이 승리했었다. 이상하게도 이 둘은 이곳 대회에만 나오면 꼭 스파링 경기를 했다. 아이 둘 다 첫 경기에서 지고 나니, 살짝 멘탈이 흔들렸다. 패배의 아쉬움 속에서도, 우리는 서로의 눈빛에서 포기하지 않겠다는 다짐을 읽었다.

그때 남편이 나섰다. "이 나이 땐 실력보다 멘탈이니 포기하지 않으면 이길 수 있어." 작전은 간단했다. 첫 공격은 회전이 들어간 테크닉 킥으로 점수를 선점하는 것. 둘 다 뒤차기 연습을 많이 했던 터라 전략이 잘 맞았다. 보통 일반 발차기는 2점이지만, 회전이 들어가면 4점이다. 아들은 토네이도 킥으로, 딸은 뒤 차기로 4점을 따내며 흐름을 바꿨다.

특히 아들이 4:0으로 지고 있던 상황에서 뒤 차기로 동점을 만든 순간, 2층 관중석에서 터진 환호성은 지금도 잊을 수 없다. '우리 아들이 팬클럽이라도 데려왔나?' 싶을 만큼 장관이었다. 아들의 발끝이 바닥을 스칠 때마다, 관중석의 숨소리까지 멎는 듯했다. 그 순간 작은 다윗이 큰 골리앗을 향해 뛰어오르는 듯했다. 딸도 경기 중 여러 번 넘어지고 감점이 있었지만, 끝까지 포기하지 않고 압박을 이어가며 결국 승리했다.

아빠의 멘탈 코칭, 꾸준한 체력 훈련, 그리고 마지막까지 포기하지 않는 마음이 어우러져 두 아이 모두 재경기에서 승리하며 금메달을 목에 걸었다. 그날은 정말 잊을 수 없는 하루였다. 넘어져도 다시 일어서는 그 순간 나는 아이들 속에서 우리 태권 가족의 힘을 보았다.

3
나를 찾아가는 여정에서 만난 인연

태권도를 시작하기 전, 나는 캐나다에 이민한 지 15년 차였다. 이민이라는 단어에는 늘 다양한 사연이 따라붙지만, 나는 운이 좋게도 신랑이 영주권자여서 비교적 수월하게 배우자 이민을 할 수 있었다. 이민 후 직장 생활 자리 잡기까지 6년 동안 우리는 2세 계획이 없었다. 그만큼 일과 경력은 내 자존감이 깃든 중요한 영역이었다. 캐나다에서 받은 교육이 없는 이민자 신분이라 직장 생활은 쉽지 않았다. 울화가 치미는 날도 많았고, 눈물 흘리는 날도 많았지만, 그럼에도 나는 회사에서 몇 차례 승진했고 매니저 교육도 수료했다. 한국에서 받은 대학 졸업장이 큰 역할을 했다. 올해로 18년 차 직장인이 되었고, 매니저로 일한 지도 10년이 넘었다. 다만 한 가지 문제가 있었다면, 내 체력은 언제나 '저질'에 가까웠다는 점이다. 하루 일을 마치고 집에 오면 녹초가 되어 아무것도 하기 싫었다.

바로 그때, 내 삶에 태권도가 들어왔다. 코로나 시기였기에 수업에 사람이 많지 않았는데, 그 적막함이 오히려 나에게는 큰 위안이었다. 사람들의 시선에 신경 쓰지 않아도 되었다. 준비라는 소리와 함께 숨을 크게 들이마시며 두 손을 모아 올린다. 그리고 그 기를 모아 숨을 내쉬며 주먹 쥔 손을 명치에서 벨트 아래쪽으로 내린다. 지정된 공간에서 혼자 호흡하고 발차기할 때면 마치 명상이나 스트레칭을 하는 듯한 개운함이 있었다. 무엇보다 혼자 하는 훈련도 좋았지만, 태권도를 계속하게 만든 건 사람이었다.

수업 때 비슷한 또래의 여성 수련생이 있었고, 그녀도 아이들과 함께 태권도 수련을 한다고 했다. 우리는 급속도로 가까워졌다. 수업은 영어로 진행되지만 태권도 용어는 한국어라 서로에게 자연스럽게 도움이 되었다. 처음부터 운동 친구가 있다는 건 큰 행운이었다. 함께 시작한 친구와 나는 수업 진도가 비슷했다. 옆차기를 배우면 둘 다 옆차기를 연습하고, 주먹치기를 배우면 그날은 주먹치기만 열심히 했다. 처음 1~2년은 나도 토너먼트에서 스파링 경기를 했다. 일을 하고 아이들까지 돌보려니 부상이 걱정되어 어느 순간 스파링은 도장에서만 연습하는 것으로 바뀌었다. 반면 그 친구는 지금도 토너먼트에 출전한다. 다치고 멍이 들어도 포기하지 않는 그녀를 보며 나는 진심으로 응원하는 태권도 친구가 되었다.

성인 수련생이 많은 편이어서 성인 태권도 수업은 재미있었다. 이

수업이 재미있는 이유가 하나 더 있다. 배우자와 함께 운동하는 분들이 많아서, 부부 스파링을 하면 우리는 그 수업을 '커플테라피(Couple Therapy)'라고 불렀다. 가볍게 하는 스파링이라 가능한 일이지만, 전력으로 한다면 바로 가정폭력이 될지도 모른다며 웃곤 했다. 원래는 남자끼리, 여자끼리 겨루었지만, 우리 부부가 함께하는 모습을 보고 다른 부부들도 자연스레 스파링을 함께 하기 시작했다. 한번은 스파링 중 신랑의 글러브 사이로 보인 얼굴에 내가 살짝 글러브를 댔는데, 그 순간 신랑의 코에서 코피가 났다. 모세혈관이 약해 평소에도 자주 코피를 흘리던 터라 놀랄 일은 아니었지만, 그 이후 나는 '파트너 코피 내는 무서운 아줌마'가 되어 있었다. 또 다른 날에는 신랑이 나의 눈을 맞히는 바람에 내가 눈을 제대로 뜨지 못했다. 복싱 선수들이 눈을 못 뜨는 것이 과장이 아님을 그날 처음 알았다.

성인 수련생이 많다 보니 파트너를 번갈아 가며 연습하면서 금세 친해졌다. 말을 많이 하지 않아도 괜찮았다. 같은 공간에서 땀을 흘리고 눈만 마주쳐도 신뢰가 쌓였다. 그렇게 태권도는 내게 '운동'이 아니라 '관계'가 되었다. 태권도를 시작한 지 5년이 된 지금, 나는 우리 주에서 개최되는 토너먼트에서 심판을 맡고 있다. 오전에는 도복을 입고 스포츠 품새 경기를 한다. 품새가 끝나면 얼른 옷을 갈아입고 초록 넥타이를 맨다. 그럼, 선수에서 심판 모습으로 매트 위에 서 있다. 같은 날, 태권도 친구는 선수로, 나는 심판으로, 신랑은 선수이자 코치로 각자의 위치에서 태권도를 한다. 서로 다른 자리에서 전문성과 역량을 키워가는 과정이 또 다른 성장 서사가 되었다.

　태권도의 배움과 성장은 끝이 없다. 캐나다에서 태권도로 아는 분이 전혀 없던 우리 가족은 배움에 늘 목말라 있었다. 그러던 중 우리 주에서 품새 세미나를 몇 번 진행하셨고 존경받는 한국 관장님이 캘거리(Calgary)에서 도장을 운영하신다는 소식을 들었다. 신랑은 용기 내어 연락을 드렸고, 2025년 5월 우리는 직접 관장님을 찾아뵙게 되었다. 그분은 무려 10년 이상 캐나다 품새 국가대표 코치를 하신 분이었다. 우리가 시민권자라는 말을 듣자마자, 관장님은 우리에게 "스포츠 품새 페어(pair) 해보세요"라고 권하셨다. 처음엔 농담이라 생각했지만, 관장님은 매우 진지했다. 신랑의 움직임을 보더니 가능성이 있다며 격려해 주셨고, 그 한마디가 우리 마음속에 큰 씨앗을 심었다.

　2025년 10월, 신랑의 출장 겸 가족들과 함께 간 핼리팩스(Halifax)에서도 또 다른 인연이 이어졌다. 여행 중 한 도장을 방문했는데 도복을 챙겨 온 우리 가족을 보시고 관장님이 품새를 시켜보셨다. 가족 모두 블랙벨트 품새를 선보이자, 관장님은 다시 신랑에게 품새 선수를 해보라며 권유하셨다. 알고 보니 그분은 캐나다 겨루기 국가대표 코치로 10년 이상 활동한 관장님이셨다. 캘거리랑 핼리팩스 두 분 다 캐나다 국대 코치

　　　　　　　　　　　　낯선 도시에서, 내게 물었다

를 하셨던 분들이라니 우리에게 이런 인연이 있나 싶었다.

신랑은 연달아 두 분의 관장님에게서 품새 추천을 받았다. '왜 이 두 분은 신랑에게 품새를 권하셨을까?' 두 분은 신랑이 하는 품새를 보시고 몸을 쓸 줄 안다고 하셨다. 파워만 있게 하는 것이 아니라 부드러움과 강함을 제대로 표현할 줄 알아야 한다고 하셨다. 두 분의 품새 선수 제안을 받은 신랑은 "우리, 몇 년 뒤 스포츠 품새 페어로 나가보자." 내게 제안했다. 가능할까 싶은 마음과 동시에 '불가능한 일도 아니지 않을까?' 하는 용기가 들었다. 2022년 고양 세계 태권도 품새 대회에서 하얀 머리에 황금색 도복을 입고 품새를 펼치던 시니어 선수들을 영상으로 보았다. 언젠가 우리도 그처럼 빛나는 무대에 서기를 상상해 보기 시작했다.

토너먼트에서 나는 선수이자 주심판으로, 신랑은 선수이자 코치로 서로 다른 역할을 경험하며 태권도의 세계 속에서 조금씩 성장해 왔다. 단순히 아이들 자신감 키우기와 체력 키우기 위해 발을 들인 세계였지만, 그 안에는 상상조차 못 했던 수많은 문이 열려 있었고, 매 순간 새로운 도전과 배움이 기다리고 있었다. 앞으로 우리 삶을 또 어떤 이야기와 경험이 흔들고, 심장을 뛰게 만들지 기대하며, 오늘도 우리는 서로의 손을 잡고, 함께 또 하나의 길을 걸어간다.

정수미

"나는 세탁소에서 진짜 세상을 배운다"

미국 메릴랜드 거주 28년 차
세탁인

의식주는 사람이 살아가는 데 가장 기본적이고 필수적인 요소다. 그중 나는 의(옷)를 책임지는 세탁소를 운영하는 자영업자다. 단순히 옷을 맡기고 찾아가는 상업적인 관계에서, 시간이 흐르며 손님들과의 신뢰가 쌓이고 정이 오가면서 서로의 삶을 이해하게 되었다. 그렇게 우리는 손님이자 이웃으로, 때로는 마음을 나누는 가족처럼 가까워졌다. 매일을 살아가는 동안 빨간 머리 앤처럼 생기있게 꿈꾸며, 긍정적인 마음으로 삶에 도전한다. 관계에 진심을 다하며, 주어진 하루 속 작은 행복을 발견하고 어제보다 나은 오늘을 만들어가려 노력하고 있다.

Q1.   세탁소라는 수많은 사람의 일상이 스쳐 지나가는 곳에서 '나'를
지키기 위해 가장 중요하게 여긴 것은 무엇인가요?

"기분이 태도가 되지 않게 하자."라는 마음으로 살아가고 있어
요. 밝은 표정, 따뜻하고 긍정적인 말, 감사의 태도를 잃지 않
으려고 하죠. 그리고 누군가에게 조금이라도 도움이 되는 사람
으로 살기 위해 노력하고 있어요.

Q2.   과학도 출신에서 세탁소를 운영하면서 가장 크게 마주한 변화나
두려움은 무엇이었나요? 그리고 그것을 어떻게 넘어섰나요?

과학을 전공하며 실험실에서 데이터를 다루던 시절, 나의 세상
은 숫자와 결과로만 이루어져 있었어요. 하지만 세탁소에서는
사람들과의 소통, 관계가 모든 것의 중심이 되었어요. 사람의
마음을 읽고, 기분을 살피는 일은 절대 쉽지 않죠. 때로는 예상

치 못한 반응에 당황하기도 하고, 시행착오와 인내의 시간을 거쳐야만 하죠. 하지만 한결같은 태도로 관계를 맺다 보면, 그 안의 신뢰가 쌓이고 마음의 정이 오고 가죠. 결국 진심은 어느 순간 조용히 빛을 밝히는 것 같아요.

Q3. **세탁소에서 만난 손님들 이야기가 참 따뜻합니다. 그 인연들은 당신에게 어떤 깨달음을 주었나요?**

사람은 누구나 함께 어울려 공존하며 살아가는 것 같아요. 그래서 때로 우리는 서로에게 기대기도 하고, 도움을 주고받으며 세상을 함께 살아갈 수밖에 없어요. 마음을 열고 소통하는 과정에서 정직과 성실, 신의와 믿음, 그리고 사랑을 배우고 나누는 거죠. 그렇게 만남, 관계라는 소중한 선물에 감사하며, 하루하루를 더없이 행복하게 살아가는 법을 배워요. 내가 먼저 환히 미소 지을 수 있는 마음, 따뜻한 말을 건넬 수 있는 여유, 누군가를 진심으로 칭찬할 수 있는 섬세함, 그리고 누군가에게 먼저 손도 내밀어 도움도 주고, 때로는 받을 수 있는 일상의 소중함에 감사할 힘이요.

Q4. **세탁소에서 쌓인 '신뢰'와 '정'이 지금의 당신에게 어떤 힘이 되었나요?**

신뢰와 정은 하루아침에 만들어지는 것이 아니죠. 그것은 곧 나의 삶이자, 매일을 살아가게 하는 힘이에요. 사람과의 관계에서 가장 중요한 것은 믿음이라 생각해요. 그리고 그 믿음을 쌓는 방법은 진심 어린 소통에 있다고 믿어요. 내가 어떤 마음으로, 어떤 방식으로 소통하느냐에 따라 나의 삶도, 상대의 삶도 달라질 수 있죠. 누군가에게 신뢰받는다는 것은 그만큼의 책임 또한 수반되는 행위라는 생각이 들어요. 관계를 유지하려면 역지사지의 자세로 내가 먼저 다가설 수 있는 용기가 필요한 게 아닐까요. 그래서 매 순간 관계의 소중함을 되새기며, 진심을 담은 대화와 이해로 하루를 채우려 노력하고 있어요.

Q5. **지금의 당신에게 '나다운 삶'이란 어떤 의미인가요?**

다양한 사람들과의 만남 속에서 매일 다채로운 이야기가 펼쳐져요. 따분할 틈 없이 살아 있음을 온전히 느끼게 해주는 생동감, 그 모든 일을 해낼 수 있다는 자신감, 그리고 누군가에게 작은 도움을 줄 수 있는 뿌듯함이 나의 하루를 채워요. 나답게 산다는 것은 하루하루에 최선을 다하며, 오늘보다 나은 내일을 꿈꾸고, 누군가에게 마음 한편을 내어줄 수 있는 넉넉함을 지니는 거예요.

1
운명처럼 굴러 들어온 나의 작업장

나의 첫 번째 원어민 영어 선생님은 삼촌 세탁소의 카운터를 담당하던 Joyce였다. 부모님이 삼촌께 연락하실 일이 있을 때마다, 큰딸이라는 이유로 내가 전화를 걸었다. 그럴 때면, 마치 중요한 시험을 앞둔 아이처럼 가슴이 두근거리고 손에 땀이 났다. 간단한 영어 몇 마디를 수십 번 연습한 후, 조심스레 미국 전화번호를 눌렀던 기억이 아직도 생생하다.

"Good Morning, Admiral Cleaners, May I help you?"

활기찬 목소리와 빠른 속도로 쏟아지는 이 인사말이 처음엔 얼마나 낯설고 당황스러웠던지, 말을 잇지 못하고 전화를 끊은 적도 있다. 어렵게 대화를 이어가도 삼촌을 바꿔 달라는 말을 제때 못해 어쩔 줄 몰라 했고, Joyce의 말을 알아듣지 못해 수화기를 든 손에 땀이 날 정도로 긴장하기도 했다. 지금 생각하면 참 어설프고 웃음이 나는 추억이다.

그동안 목소리로만 접해온 나의 첫 원어민 선생님을 마침내 직접 만나게 되었다. 내가 미국으로 이민을 오게 된 것이다. 도착한 지 얼마 되지 않아 들른 삼촌의 세탁소에서 나는 Joyce와 마주했다. 수화기 너머 목소리로만 알던 사람이 눈앞에 서 있었고, 우리는 처음으로 눈을 맞추며 영어 인사를 나눴다. 그 순간 비로소 내가 미국에 와있다는 사실이 실감이 났다. 그녀는 나의 서툰 영어 실력을 이미 알고 있었던 터라, 나를 편하게 대해주며 따뜻하게 맞아주었다. Joyce 덕분에 미국 생활의 첫걸음을 조금은 덜 두려워할 수 있었다. 지금 돌아보면, 나와 세탁소의 인연은 어쩌면 그때부터 이미 운명처럼 시작되고 있었는지도 모르겠다.

한국에서는 전형적인 문과 학생이었던 나는 미국 대학에서 생물학을 전공했다. 영어가 늘 발목을 잡다 보니, 차라리 언어의 장벽이 낮은 수학과 과학이 만만해 보였기 때문이다. 어렵게 졸업장을 받았지만, 기대했던 일자리는 얻지 못했다. 한동안 다른 일도 해 보았지만, 그 또한 쉽지만은 않았다. 가끔 부모님의 세탁소 일을 돕기도 했지만, 그때까지만 해도 세탁업이 내 평생의 업이 될 거라고는 꿈에도 생각지 못했다. 그런데, 이상하게도 세탁소는 늘 내 곁을 맴돌았다.

결혼과 출산을 거치며 일과 육아를 병행하는 삶은 점점 버거워졌다. 나는 고심 끝에 법원을 퇴사하고 전업주부의 길을 선택했다. 그렇게 아이와 함께하는 달콤한 시간을 보내던 중, 남편의 건강에 이상 신호가 찾아왔다. 급기야 우리는 인생을 재정비해야만 하는 시간을 갖게 되었다.

그렇게 벼랑 끝에서 다시 찾은 길이 바로 세탁소였다. 애써 외면하며 멀리 밀어두려고 했던 세탁소가 서서히 내 시야 안으로 들어오기 시작했다. 낯설기만 했던 그 공간은 그렇게 우리 가족의 가장 익숙하고 소중한 삶의 터전이 되었다.

세탁소 문을 열고 들어설 때, 나는 마치 긴 여행 끝에 고향에 돌아온 듯한 포근함을 느꼈다. 남편에게는 더없이 낯선 곳이었겠지만 나에게는 어린 시절 떨리는 목소리로 첫 영어 인사를 건네던 설렘과 가족을 위해 다시 시작한다는 비장함이 교차하는 공간이었다. 결국 돌고 돌아 나에게 꼭 맞는 자리로 돌아온 셈이었다. 한때는 피하고 싶었던 그 일상에서 지금은 그 어느 때보다 깊은 안정과 보람을 맛본다. 이제 세탁소는 단순한 일터가 아니라, 내 삶의 중심이자 운명처럼 다가온 소중한 공간이 되었다.

세탁소는 우리 가족의 생계를 책임지는 든든한 버팀목이기도 하지만, 나에게는 그보다 더 많은 의미가 있다. 무엇보다 그곳은 나를 사람들 속으로 데려다 놓은 곳이었다. 옷을 맡기러 오는 손님들은 늘 저마다의 사연과 인생을 남기고 간다. 그중 몇몇은 지금도 내 마음속의 '인생 선배'로 남아있다. 그들과의 만남은 단순한 거래 관계를 넘어, 내 삶의 방향을 다시 생각하게 만든 소중한 순간들이었다.

2
그 안에서 만난 진짜 인생 선배들

처음엔 그저 조용한 손님이었다.

하지만 검정 사제복을 들고 오신 그날, 비로소 그분의 정체가 드러났다. 로마에서 맞춘 귀한 사제복이라며 특별히 신경 써 달라고 당부하셨다. 그런데 작업 도중 셔츠 칼라가 손상되는 예기치 못한 사고가 발생하고 말았다. 며칠 밤낮을 고민했지만, 뾰족한 방법이 떠오르지 않았다.

드디어 옷을 찾아가기로 한 날, 그분은 어김없이 단정한 검정 사제복 차림으로 나타나셨다. 그분의 얼굴을 마주하는 순간 내 표정은 이미 모든 상황을 말해버렸고, 쥐구멍에라도 숨고 싶은 심정이었다. 내 얼굴만 보고도 상황을 짐작하신 듯, 신학생은 말없이 나직한 한숨을 내쉬셨다. 로마에서 특별히 주문해 온 옷을 입어보기도 전에 망가뜨렸으니, 대체 무슨 말로 사죄를 해야 했을까.

　　　　　　　　　　　　낯선 도시에서, 내게 물었다

사제 서품을 준비하는 분이라서일까, 아니면 이미 깊은 수련을 거친 덕분일까, 신학생은 예상과 달리 당황한 기색 없이 침착하게 상황을 정리해 나가셨다. 차분한 어조로 "지금 가능한 방법이 있을까요?"라고 물으셨다. 나는 셔츠 칼라만 새로 구한다면 교체할 수 있다고 조심스럽게 답했다. 그러자 그는 미소를 지으며 말씀하셨다. "그럼, 제가 한번 방법을 찾아볼게요." 다음 날, 신학생은 수도원에서 다른 셔츠를 구해 다시 방문하셨다. 여전히 불안해하는 내 기색을 살피시더니, 오히려 본인보다 더 걱정하며 잠 못 이뤘을 우리를 부드러운 미소로 위로해 주셨다.

그날 나는 뼛속 깊이 느꼈다. 품격 있는 사람의 진면목은 위기의 순간에 비로소 드러난다는 것을. 다행히 칼라 수선은 성공적이었고, 셔츠는 새 옷처럼 완벽하게 복원되었다. 그제야 우리에겐 안도의 숨이 돌아왔다. 하지만 이야기는 여기서 끝이 아니었다.

며칠 후, 신학생은 우리에게 뜻밖의 제안을 건네셨다. "혹시라도 영어 때문이나, 법적인 일로 어려움이 생기면 언제든 연락하세요, 제가 이 가게의 고문변호사가 되어드릴게요." 알고 보니 그는 변호사 출신의 신학생이었다. 그렇게 맺어진 인연은 생각지도 못한 순간에 빛을 발했다.

어느 날, 막무가내로 항의하는 손님과 언성을 높이며 곤욕을 치르고 있을 때였다. 마치 하늘에서 천사라도 내려온 듯 신학생이 문을 열고 들어오셨다. 상황을 파악한 신학생은 여유로운 미소를 지으며 명함을 내밀었다. "제가 이곳의 고문변호사입니다. 필요한 이야기는 저와 하시죠." 그의 단호한 한마디에 분위기는 순식간에 반전되었다. 그날 이후, 그는 우리 가게의 든든한 버팀목이자 수호천사가 되었다.

몇 년 뒤, 그는 사제 서품식 초대장을 건네며 말씀하셨다. "고문변호사가 졸업하는데 당연히 오셔야죠." 그 덕분에 생애 처음으로 엄숙한 사제 서품식에 참석하는 귀한 경험을 했다. 신학생은 마침내 사제 서품을 받으셨고, 그날 이후 그분은 우리에게 진짜 '신부님'이 되셨다. 신부님은 서품 후 로마로 떠나게 되셨는데, 출국 전날에도 일부러 가게를 찾아와 감사 인사를 전하셨다. 정든 인연이라 헤어짐이 더없이 아쉬웠다.

"다시 이곳에 오면 꼭 들를게요. 한 번 손님은 영원한 손님인 거 아시죠?" 떠나기 전, "로마는 우편비가 비싸서 차마 빨래를 보내지는 못할 것 같네요."라며 재치 있는 농담으로 이별의 아쉬움을 달래주던 그 뒷모습이 지금도 눈에 선하다.

세탁소는 단순히 옷을 맡기고 찾아가는 곳이 아니다. 때로는 진심 어린 마음을 나누고, 다시 만날 날을 기약하는 인생의 작은 쉼터다. 옷뿐만 아니라 사람의 따뜻한 품격까지 다루는 법을, 나는 신부님을 통해 다시금 배웠다.

    낯선 도시에서, 내게 물었다

구멍 난 스웨터: 완벽보다 소중한 온기

늘 무채색의 깔끔한 차림을 고집하던 멋쟁이 할머니가 계셨다. 철저한 자기 관리 덕분인지, 타고난 유전자 덕분인지 나이에 비해 놀라울 만큼 젊고 세련된 분이셨다. 멀리서 보면 대학생이라 해도 믿을 정도라, 볼 때마다 몸에 밴 우아함에 절로 존경심이 들었다.

특별할 것 없어 보이는 차림에도 남다른 패션 감각이 궁금해 비결을 물어본 적이 있다. 그분은 자신만의 확고한 소비 철학을 들려주셨다. 필요와 욕망 사이를 명확히 구분하고 유행에 휘둘리지 않으며, 소재나 기능 면에서 탁월한 옷을 고르는 것이 그 원칙이었다. 옷 한 벌을 사는 데도 절제가 있으신 분이라, 그렇게 심사숙고해서 선택한 옷은 시간이 흘러도 정성스러운 관리 덕분에 늘 새것 같은 상태를 유지하며 유행을 앞서가는 듯 보였다.

어느 날, 그분이 평소보다 들뜬 목소리로 말씀하셨다. "나, 한 달 뒤면 할머니가 돼." 그 소식에 나는 깜짝 놀라 반문했다. "믿을 수 없어요! 선생님이 할머니가 된다고요?" 그렇게 곧 태어날 손녀에 관한 설레는 이야기를 나누며 축하의 말을 전했다.

그로부터 얼마 뒤, 할머니는 고운 색상의 고가 캐시미어 스웨터를 들고 오셨다. 그런데 그 귀한 옷에 구멍이 숭숭 뚫려 있는 게 아닌가. 할머니가 그런 상태의 옷을 가져오신 걸 처음 보는 나로서는 덜컥 겁부터 났다. "스웨터가 왜 이래요?" 워낙 고가의 옷을 입는 분이라 내 시선은 온통 그 구멍 난 스웨터에 집중되었다.

그러자 할머니는 빙그레 미소를 지으며 숨겨진 이야기를 들려주셨다. 곧 태어날 손녀에게 세상에서 가장 특별한 선물을 해주고 싶어 얼마나 깊은 고민을 하셨을까. 며칠 밤낮을 고민한 끝에 생각해 내신 것이 바로 '아기용 이불'이었다. 세상에 나와 처음 덮게 될 이불이 그 어떤 것보다도 포근하기를 바라는 할머니의 간절한 마음이 담긴 선물이었다.

새 제품에 혹시 모를 화학 성분이 남아 아기에게 해가 되지는 않을까 걱정하던 할머니는 아주 기발한 아이디어를 떠올리셨다. 본인의 옷 중 가장 부드럽고 고급스러운 캐시미어 스웨터를 골라, 세상에 단 하나뿐인 '숨 쉬는 이불'을 만드시기로 한 것이다. 소재 선택에 누구보다 신중한 분이었기에 그 품질은 이미 검증된 것이나 다름없었다. "아기가 덮었을 때 혹시라도 답답하지 않도록, 일부러 구멍을 내서 공기가 잘 통하게 했어. 편히 잘 수 있게." 그 말을 듣는 내내 가슴 한구석이 뭉클해졌다.

완벽한 새것보다 사랑과 진심이 깃든, 할머니의 온기가 고스란히 담긴 익숙한 옷이 더 귀하다는 사실을 그 스웨터가 그대로 보여주는 듯했다. 할머니의 정성과 배려는 분명 손녀에게 따뜻한 사랑으로 전해졌을 것이고, 그 따뜻한 마음은 세대를 넘어 오래도록 흐르리라 믿는다.

　　　　　　　　　　　낯선 도시에서, 내게 물었다

그 할머니 덕분에 나도 좋은 할머니가 되는 확실한 비법 하나를 전수받은 셈이다. 할머니의 마음을 알게 된 나 역시, 훗날 할머니가 되었을 때 이런 정성과 사랑을 내 후손에게도 이어가고 싶다는 생각이 자연스럽게 들었다. 그 모습을 보며 문득 깨달았다. 인종, 나이, 환경은 달라도 사람 사는 세상에는 언제나 따뜻한 정이 흐른다는 것을. 특히 가족의 사랑은 위에서 아래로, 또 그 아래로 자연스럽게 흐르는 강력한 힘이 있다는 사실을 말이다.

나의 키다리 할아버지: 천군만마의 지혜

나는 어린 시절 소설 『키다리 아저씨』를 읽으며, 언젠가 내 삶에도 주인공 주디처럼 든든하고 신비로운 후원자가 나타나길 학수고대하곤 했다. 그런데 그 꿈은 생각지도 못한 곳에서 이루어졌다. 매일 같은 시간, 파란색 자동차를 타고 우리 가게 옆 던킨도너츠 앞에 나타나는 한 신사. 그분이 바로 나의 '키다리 할아버지'다.

소설 속 키다리 아저씨가 편지로 주디의 성장을 지켜봤다면, 나의 할아버지는 세탁소 문을 열고 들어오는 짧은 순간마다 나의 일상을 따스하게 응원해 주신다. 몸이 불편한 부인을 차에 정성껏 모시고 나와 도넛과 아이스티를 사서 건네는 그분의 모습은, 내가 아는 신사 중에서도 단연 최고의 인성과 외조를 보여주는 표본이다. 나이 듦이 단순히 세월의 흔적이 아니라 삶을 대하는 아름다운 태도임을 몸소 증명해 보이신다.

할아버지는 언제나 나를 "Madame"이라 불러 주신다. 소설 속 주디가 아저씨의 존중 속에서 자신의 가치를 발견했듯, 나 역시 그분의 정중한 한마디에 세탁소 주인이라는 직업적 무게를 넘어 한 사람으로서의 존엄과 긍지를 느낀다. 그 짧은 호칭 하나가 나의 하루를 한껏 끌어올리는 마법의 단어가 된다.

재미있는 점은 이 다정한 할아버지가 내 남편 앞에서는 엄격한 '호랑이 선생님'으로 변신하신다는 사실이다. 할아버지는 젊은 시절, 이민자로서 앞만 보고 달리느라 가정을 살뜰히 돌보지 못했던 시간을 못내 후회한다고 하셨다. 척박한 타국 땅에서 자영업자로 살아가는 우리 부부가 당신과 같은 시행착오를 겪지 않길 바라는 마음으로, 할아버지는 남편에게 매서운 호통과 애정 어린 잔소리를 아낌없이 퍼붓고 가신다.

"부인 일 너무 많이 시키지 말고, 쉴 시간 넉넉히 줘야 해!"라며 내 편을 들어주실 때면, 나는 든든한 천군만마를 얻은 듯 쾌재를 부르며 남편에게 장난 섞인 큰소리를 친다. "거봐, 할아버지가 나 일 조금 하라시잖아. 나 놀러 가야겠는데, 어쩌지?" 그러면 남편은 할 말을 잃은 표정으로 나를 물끄러미 바라보곤 한다. 낯선 땅에서 가족처럼 우리를 지켜주

   낯선 도시에서, 내게 물었다

는 어른이 있다는 사실만으로도 남편의 당혹스러운 침묵조차 즐거워지는 순간이다.

할아버지는 타지에서 온 손님들까지 우리 가게로 이끄는 '비공식 홍보대사'이자, 삶의 지혜를 아낌없이 나누어주시는 멘토이시다. 새로운 시도를 앞두고 의견을 여쭈면, 오랜 세월 사업가로 다져진 통찰로 정확한 진단을 내려주신다. 때로는 한 박자 늦춰 생각할 시간을 권하기도 하시는데, 그 조언은 같은 길을 먼저 걸어간 '이민 선배'가 건네는 가장 현실적이고 따뜻한 나침반이 된다. 진짜 힘은 겉으로 드러내는 강함이 아니라, 흔들림 없는 내면의 단단함이 부드러운 태도로 배어 나올 때 시작된다는 것을, 그분을 보며 배운다.

소설 속 주디가 아저씨의 배려를 자양분 삼아 성장했듯, 나 역시 할아버지의 격려를 받으며 날마다 견디고 열심히 살아가는 법을 배워나간다. 진정한 소통은 자신을 낮추고 대접받기보다 대접하기를 즐길 때 비로소 시작된다는 가르침을 마음 깊이 새긴다. 나이는 숫자에 불과하다는 말이 절로 나오는, 내 인생의 가장 빛나는 만남이다.

3
손끝에서 익힌 삶의 지혜

세탁소가 내 삶의 일터가 된 지도 어느덧 꽤 오랜 시간이 흘렀다. 아침 문을 여는 순간부터 저녁 일을 마치는 그 순간까지, 이곳은 남녀노소, 인종과 종교, 직업과 형편을 가리지 않고 수많은 이들이 스쳐 지나가는 곳이다. 서로 다른 언어와 표정을 가진 사람들을 매일 마주하다 보니, 세탁소는 단순히 옷을 깨끗이 하는 곳을 넘어, 사람을 이해하는 법을 가르쳐 준 배움의 장소가 되었다. 눈에 보이는 얼룩만이 아니라 보이지 않는 마음의 사정을 헤아리려는 시선, 고단한 하루를 견디고 온 이들을 향해 조금 더 따뜻하게 대하는 태도, 그 모든 것이 삶의 지혜로 내 안에 차곡차곡 쌓이고 있다.

매일 다양한 얼굴과 사연을 마주하며 배우는 작은 친절과 배려는 어느새 내 삶의 태도를 단단하게 바꾸어 놓았다. 서두르지 않고 눈을 맞추어 인사하는 일, 불편을 듣고 끝까지 해결해 보려는 마음, 바쁜 와중에

 낯선 도시에서, 내게 물었다

도 "오늘도 좋은 하루 보내세요." 하는 한마디를 건네는 일이 어느덧 나의 일상이 되었다.

분주한 하루 속에서도 틈틈이 자신을 돌아보며, 내가 서 있는 지금의 자리와 앞으로 걸어가야 할 길이 또렷해진다. 육체는 반복되는 노동으로 피곤해질 때도 많지만, 그 수고 속에서 발견되는 기쁨이 더 크기에 하루를 살아갈 힘이 더해진다. 누군가의 소중한 옷을 맡아 책임지고 되돌려주는 지나치게 단순한 이 과정 안에 오가는 미소와 감사의 인사, 배려의 말 한마디가 건네는 힘은 생각보다 크다.

나는 이 일터에서 작은 관심이 누군가에게는 생명의 줄이 될 수 있음을 배웠다. 몇 년간 매주 얼굴을 보던 단골 어르신이 보이지 않을 때, 바쁜 일상을 핑계로 무심히 넘기지 않고 전화를 걸었던 그 마음을 기억한다. 폐렴으로 한참을 고생하시다 기운을 차리고 돌아오신 어르신이 내 전화 한 통에 눈물겹게 고마워하시던 그 목소리는, 나에게 세탁보다 중요한 것이 사람의 안부임을 깨닫게 해주었다. 소외된 이웃을 향한 작은 시선이 누군가에게는 다시 살아갈 용기가 된다는 사실은, 이제 내 삶을 지탱하는 가장 큰 공부가 되었다.

코로나 시절, 대부분의 사람이 문을 닫을 때 삶의 최전방에서 사투를 벌이는 소방관과 병원 관계자들을 위해 마스크와 모자를 만들었던 시간은 나에게 숭고한 헌신에 감사하는 시간이었다. 재료가 없어 의사 가운을 뜯어 정성스레 만들면서 아침부터 저녁까지 똑같은 일이었지만 힘들기보다 뿌듯했다. 내 작은 수고가 누군가의 생명을 지키는 방패가 된다는 자부심은 이후 내 삶에 어떤 어려움이 닥쳐도 내가 할 수 있는 선한 일을 찾게 하는 계기가 되었다.

암을 극복하고 공무원으로 은퇴하고 남은 인생은 모델로 살고 있는 손님이 있다. 평생을 정장만 입던 그녀가 처음 런웨이를 준비하며 입을 옷을 맡기러 왔을 때, 난 아낌없는 찬사를 보내며 그녀의 런웨이를 함께 응원했던 기억이 있다. 타인의 행복이 곧 나의 기쁨이 되는 경험이었다. 나의 칭찬과 부러움이 그녀에게 큰 용기가 된다는 말을 잊지 않는다. 난 그녀의 옷에서 자신감을 느끼고 반짝반짝 빛나는 그녀의 옷을 건넬 때 기분이 좋다.

세탁소의 하루는 단순한 노동의 반복이 아니라, 마음의 먼지를 털고 삶을 정돈해 가는 연습의 연속이다. 세탁물처럼 내 마음도 때로는 쌓이고 구겨지지만, 차분히 들여다보고 덜어내고 정리하면서 조금 더 가벼워지는 법을 배운다. 그렇게 쌓여 가는 경험들은 내 안에서 진정한 여유와 넉넉함이 되어 다시 일상에 잔잔한 온기를 더해준다. 나를 더 나답게 단단하게 설 수 있게 해주는 힘이다. 결국 세탁소에서 배운 것은 '옷을 깨끗이 하는 법'이 아닌 '사람을 깊이 사랑하는 법'이었는지도 모른다. 눈에 보이는 얼룩만이 아니라 보이지 않는 마음의 사정을 헤아리려는 시

  낯선 도시에서, 내게 물었다

선, 고단한 하루를 견디고 온 이들을 향해 조금 더 따뜻하게 대하려는 태도, 그 모든 것이 삶의 지혜로 내 안에 차곡차곡 쌓이고 있다.

세상의 모든 일터가 그렇겠지만, 나에게 세탁소는 사람이라는 가장 소중한 가치를 다시 일깨워 주는 특별한 공간이다. 그리고 그곳에서 보내는 매일의 시간은, 느리지만 분명하게 나를 더 나답게, 더 단단하게 세워 가는 삶의 학교이자, 마음을 깨끗이 다려주는 특별한 일터임이 틀림없다. 가장 깨끗하게 세탁되어야 할 것은 어쩌면 내일의 나를 맞이하는 오늘의 마음가짐이라는 것을, 그 충만한 지혜를 안고 나는 내일 다시 세탁소의 문을 활기차게 열 것이다.

3부

지금, 내가 사는 방식

김용성 & 김현영

"달달이 부부, 인생 주로를 달리다"

미국 메릴랜드 거주 26년 차
뷰티 전문 소매업

김용성

인생이란 책을 양손에 들고 절반쯤을 펼쳐 보았다. 나(우리)의 이야기는 어느새 가운데 골짜기를 넘어 오른편 산자락 어딘가를 달리고 있다. 남은 페이지가 줄어들수록 조바심이 들기도 하지만, 그 뒷이야기들이 몹시 궁금하기도 하다. 2000년 겨울, 서른둘에 아내와 세 살 난 딸아이의 손을 잡고 미국으로 건너왔으니 왼손은 한국 편을, 오른손은 미국 편을 쥐고 있다고 말할 수 있겠다. 왼편에선 평범한 직장인, 오른편에선 작은 가게 주인장으로 살아가고 있다. 젊은 날은 무료했다. 돈을 벌기 시작하면서는 늘 바빴지만 지루했다. 그런데 언제부터인가 더 이상 심심한 적이 없다. 무엇이 달라진 걸까. 바로 그 페이지를 아내와 함께 찾아 읽어보려 한다.

김현영

미국 메릴랜드의 낯선 땅에 뿌리를 내린 지 어느덧 26년. 녹록지 않은 타국살이였지만, 아이들을 키우는 분주함 속에서도 나를 숨 쉬게 하는 작은 취미들을 놓지 않으려 애썼다. 이제 두 딸은 어엿한 성인이 되어 각자의 삶을 잘 꾸려가고 있고, 오롯이 나만의 것이었던 취미들은 어느덧 이웃과 소통하는 공동체로 가지를 뻗어 나갔다.

여기에 남편의 권유로 시작한 달리기까지 더해져 매일이 선물 같은 시간이다. 달리기 하나가 더해졌을 뿐인데, 내 삶은 달리기 전과 후로 나뉠 만큼 크게 변했다. 이전에는 남편의 '부인'으로 모임에 나섰다면, 이제는 내가 중심이 된 모임에 남편이 함께하는 날이 많아졌다. 조금은 달라진 역할이 지금의 나를 더 단단하고 풍성하게 만들어 주고 있다.

Q1. **생존의 연속인 이민자 삶에서 두 분이 가장 중요하게 여긴 것은 무엇인가요?**

자기 속도를 지키는 것입니다. 삶에서나 마라톤에서나 남과 비교하는 순간 오버 페이스에 빠지기 쉽죠. 훈련된 러너는 자기 리듬을 알고, 그 속에서 늘 최적의 균형을 찾아 나갑니다. 우리는 달리기를 통해 자신만의 고요한 리듬을 배웠어요. 그리고 그 페이스는 곧 삶의 속도가 되었죠. 상대방의 속도를 존중하며, 서로의 페이스를 지켜주는 것이 중요합니다.

Q2. **달리기는 두 분 모두에게 새로운 전환점이 된 것 같습니다. 서로 다른 출발선에서 달리기를 시작했을 때, 가장 인상 깊었던 '첫 순간'은 언제였나요?**

아내는 뛰지 않았을 때도 늘 같이 있어 주었어요. 피니쉬라인에는 언제나 아내와 아이들이 저를 응원하고 있었죠. 그것이 저를 계속 뛰게 만들었습니다. 하지만 워낙 운동을 싫어하는 아내였기에 선뜻 달리기를 권하지는 않았어요. 그러던 아내의 가슴 속에 무엇이 자라고 있었는지 어느 날 제 손을 잡고 달리기 시작했어요. 그날 아내의 땀에 젖은 미소를 잊을 수 없습니다.

Q3. **함께 달리며 부부의 관계도 달라졌을 것 같습니다. 함께 달리며 새롭게 발견한 '서로의 얼굴'이 있었다면 어떤 모습이었나요?**

마라톤 클럽을 이끌고 있는 남편의 모습을 보고 시작한 달리기가 마라톤과 철인 3종 경기 완주라는 기적을 가져왔어요. 이제는 달리기뿐만 아니라 다양한 활동을 하면서 서로를 응원하는 사이가 되었어요. 평생을 함께할 든든한 친구이자 페이스메이커를 얻은 것 같아 꽤 성공한 인생이라 생각해요. 앞으로도 서로를 거울삼아 함께 달리고 글도 쓰며 조화로운 삶을 꾸려가고 싶어요.

Q4. **'함께 달리며 서로를 응원하는 일'이 왜 중요한지, 직접 느낀 이야기를 들려주세요.**

저희는 둘 다 내향적이고 많은 사람이 모이는 곳에선 불편함을 느끼는 성격이에요. 하지만 뭔가 잘하고 싶은 일이 생기면 마음에 맞는 소모임을 찾아 들어가거나 만들곤 합니다. 우리 두 사람이 낼 수 있는 용기와 에너지를 상승시켜 주기 때문이죠. 저에겐 남편과 함께하는 마라톤 동호회와 '꿈꾸는 러너 북클럽'이 바로 그런 곳이에요. 모두가 덜어가도 계속 채워지는 곳. 남편은 회원은 아니지만 늘 제 곁에서 응원해 주고 있어요. 달릴 때처럼.

Q5. **지금의 두 분에게 '나다운 삶'이란 어떤 의미인가요?**

내 스스로 또는 주변 사람들이 '나답다'라고 말해준다는 것은 내가 바라는 나의 이미지와 주변의 시선이 일치한다는 뜻이겠죠. 그것은 한결같은 태도를 의미하기도 합니다. 작은 습관들이 모여 일관된 태도를 만들고, 일관된 태도는 삶을 지속하는 용기를 선물합니다. 저희는 달리기를 통해서 이런 것들을 배웁니다. 앞으로의 삶 또한 이 단단한 기반을 중심으로 계속해서 확장해 나갈 생각입니다.

1
조금 먼저 출발한 사람이 건네는 이야기

이 이야기들은 그저 누군가의 달리기와 여행 이야기일 수 있다. 하지만 우리에게는 오래된 연인, 오래된 부부로, 또 낯선 땅에서 이방인으로 살아내는 과정에서 우리 자신을 지켜준 고마운 달리기와 그것을 통해 다이어트 된 삶의 기록이다.

어느 출근길이었다. 차에 있는 주행 거리계(Odometer)로 집에서부터 2.5마일(약 4km) 지점을 눈여겨 봐두었다. 그러곤 쉬는 날 아침, 그곳까지 달려갔다가 돌아왔다. 왕복 5마일(약 8km), 약 1시간 정도 걸렸다. 놀라웠다. 운동에 관심이 없었던 내가 내 의지로 달리기를 했다는 게 놀라웠고, 1시간을 쉬지 않고 달릴 수 있다는 데서 또 한 번 놀랐다.

그날 이후부터 나는 계속 달렸고, 달리는 시간이 기다려질 정도로 재밌어졌다. 변화하고 있는 나 자신이 신기하기만 했다. 그로부터 몇 년 후, 나는 워싱턴 D.C.에서 열린 마라톤 대회에서 전 세계 마라토너들의

낯선 도시에서, 내게 물었다

꿈인 '보스턴 마라톤 대회'의 출전 자격을 얻어낸다. 지금까지 수많은 동네의 작은 대회에서부터, 보스턴, 시카고, 베를린 등지의 메이저 대회에 참가하여 전 세계의 러너들과 함께 달려왔고, 몇 차례 트라이애슬론 대회에도 참가하여 완주했다. 2022년 베를린 마라톤에서는 뒤늦게 시작한 아내와 함께 달려, 손을 꼭 잡고 피니쉬 라인을 통과하기도 했다. 내 삶이 내게 건넨 가장 뜨거운 보상이었다.

마라톤은 극한의 스포츠라 불린다. TV에서 중계되는 엘리트 선수들의 숨 가쁜 경기만을 말하는 것이 아니다. 어제까지 학교에서 수업을 듣다가, 직장에서 일하다가, 가정에서 아이들 도시락을 싸다가, 오늘 꼭두새벽에 일어나 26.2마일(42.195km)을 달리는 일반 러너들의 도전도 결코 쉬운 일이 아니다. 나에게 마라톤은 이생에서는 전혀 접점이 없는, 아주 지루하고 보기에도 힘든 그런 스포츠였다. 한 마디로 거들떠보지도 않았다. 그랬던 내가 마라톤까지 하게 될 줄은 꿈에도 몰랐다. 인생, 참 어디로 흘러갈지 모를 일이다.

그런데 왜 굳이 마라톤을… 흔히 듣는 질문 중 하나이다. 그래서 한 번쯤 찬찬히 대답하고 싶었다. 내가 뛰면서 주변 사람들에게, 나 자신에게 많이 받았던 질문들에 대한 나만의 답을.

첫 번째 질문, 어쩌다 달리기 시작했어요?

20대에 TV를 옮기다가 허리를 다쳤다. 제발 요즘의 부러질 듯 얇은 TV를 상상하지 말아달라. 내가 들어 올린 건 당시 가전제품 중 무게로 나 덩치로나 냉장고랑 세탁기 다음으로 쳐주는, 커다란 브라운관이 달린 꽤 무거운 가구였다. 그때 제대로 치료받지 못해서인지, 평소 잘못된 자세와 습관이 문제였는지, 그로부터 자주 허리 병치레를 해야 했다. 한 번 아프기 시작하면 최소 일, 이주일은 고생했다. 하지만 회사 생활은 그럭저럭 해낼 수 있었다.

그렇게 몇 년이 지나 미국으로 이민을 왔다. 이민 초기, 계속 뷰티 전문 스토어 매니저로 일하다가 약 5년 만에 작은 건강식품 가게를 오픈했다. 내 첫 번째 가게였다. 그런데 오픈한 지 얼마 안 돼서 이유 없이 허리가 또 아파오기 시작했다. 이번엔 거의 두 달을 고생했는데, 이쯤 되니 무서워졌다. '이러다간 제대로 못 살겠다.', '처자식 다 굶기겠다.', '게다가 여긴 비빌 언덕 하나 없는 타국이 아닌가…'

어떤 의사는 수술을 권했고, 어떤 의사는 운동을 해보라고 했다. 난 결국 몸을 움직이는 쪽을 택했다. 그 선택이 내 인생을 바꿨다.

우선 걷기 시작했다. 당시 월세로 살던 아파트에 함께 사용할 수 있는 작은 짐(Gym)이 있었는데, 그곳의 낡은 트레드밀이 내 마라톤의 첫걸음이었다. 트레드밀이 본래 19세기 잉글랜드에서 죄수들에게 형벌을 주기

 낯선 도시에서, 내게 물었다

위해 사용되었던 고문 기구였다는 사실을 아는가. 나처럼 살아보겠다고 그 위에 올라서 봤다면 금세 알게 될 것이다.

처음에는 15분 걷기도 쉽지 않았다. 빨리 걸으면 힘들었고 천천히 걸으면 지루했다. 몸이 조금씩 적응해 가면서 점차 시간과 속도를 늘렸다. 약간은 우스꽝스러운 모양이긴 해도 처음과는 비교할 수 없는 속도로 40분을 넘게 달리듯 걸을 수 있게 되었다. 뿌듯했다. 그러다 문득, 달리듯 걸을 수 있으니 걷듯이 뛸 수도 있겠단 생각이 들었다. 내일 아침 출근길에 어디까지 뛰어 볼지 한 번 재어 봐야겠다. 내가 과연 얼마나 뛸 수 있을까…

두 번째, 정말 달리는 게 좋아? 도대체 뭐가 좋은데?

대부분 그렇듯, 나도 건강하고 즐겁게 오래 살고 싶어 운동을 시작했다. 그중 가장 쉽게 할 수 있는 달리기를 선택했다. 꾸준히 달리자 어느 정도는 내가 기대했던 일들이 일어났고, 예상보다 빠른 변화에 놀랐다. 몸이 먼저 건강해지고 마음도 따라 건강해졌다. 이건 예상했던 일이었다. 예상치 못한 건 기대치보다 훨씬 빨리, 그리고 많이 건강해졌다는 것이었다.

내 허리가 달라졌다. 물론 MRI 영상 속 나의 척추들은 그 모양 그대로이다. 4번과 5번 요추가 협착된 상태로, 그 사이에 있어야 할 디스크는 닳아 없어진 지 오래다. 이 사진을 본 의사들은 고통 없이 살면 다행이라고 했다. 그런데 바로 그 다행이 일어났다. 20년을 넘게 수시로 나를 괴롭혀 오던 허리 병이, 달리고 난 후 15년간 더 이상 찾아오지 않았다. 일상이 바뀌기 시작했다.

낯선 이국땅에서의 익숙하지 않은 장시간 노동에 심신이 지쳐 바닥이 드러나려 할 때쯤, 일주일에 단 하루 쉬는 날이 돌아온다. 그런 날은 하루 종일 소파에 껌처럼 들러붙어 있기 마련이다. 하지만 아이들이 놀이터에 가자고 조르면 어쩔 수 없이 손을 잡고 나선다. 두 딸래미가 노는 모양이 너무 사랑스러워 모든 순간을 담아 두고 싶다. 연신 카메라 셔터를 눌러대며 그네를 밀어주고 시소를 같이 타지만, 30분이 채 못되어 내 허리는 비명을 지르기 시작한다. 아이들에게 벌써 집에 가자는 말이 먹힐 리가 없다. 들은 체도 안 한다. 슬슬 인내심에 한계가 오고 짜증을 내기 시작한다.

이런 아빠에서, 아이들이 지치고 배고파서 집에 가자고 할 때까지 놀아주는 아빠로, 주변에 갈 만한 공원이나 볼만한 박물관, 공연 등을 찾아 놓고 쉬는 날을 기다리는 아빠로 바뀌는 데 그리 오래 걸리지 않았다. 쉬는 날 뿐만 아니라 일하는 날도 활기가 넘쳤다. 아이들은 아빠와의 시간을 기다렸고, 일터에서는 동료와 손님들과도 웃음이 많아졌다. 변화의 속도는 마치 기적과도 같았다. 그리고 또 많은 것이 달라지기 시작했다. 달린 것밖에 없는데 말이다.

 낯선 도시에서, 내게 물었다

나에게 마라톤, 달리기는 내 삶의 자세이자 방식이 되었다. 용기 내기, 자신을 칭찬하기, 비교하지 않기, 작은 승리를 지속하기, 비워내기, 쉬기, 존중하고 친절하기, 감내할 줄 알기, 즐기기. 이 모든 것이 달리는 동안 반복해서 일어나는 행위이며 러너로서 배우고 다져지는 것이다. 이제는 습관이 되어 내 몸에, 아직도 낯선 이민자의 헛헛한 삶에, 각인되어 간다.

마라톤은 자신과의 싸움이라고 한다. 러너는 달리는 길 위에서, 피니쉬 라인에서 모두 승자가 된다. 타인과 점수를 매기고 승패를 겨루는 경기가 아니기에 자신에게 '패'를 줄 하등의 이유가 없기 때문이다. 매일매일 자신에게 '승'을 주어야 한다. 오늘 5분이라도 달린 나에게, 작은 목표라도 완주한 나에게, 설사 완주를 못 했더라도 여기까지 달려 온 나에게 '승'을 주고 칭찬해 줘도 아무도 뭐라 하지 않는다. 이런 작은 '승'이 모여 승리한 인생이 되는 게 아닐까.

러너라면 삶의 레이스를 같이 하고 있는 동료에게, 이웃에게, 그리고 자신에게 박수와 존중을 아끼지 않는다. 이런 러너들이 모이는 마라톤 대회는 칭찬과 격려, 사랑과 인류애의 도가니이다. 이날 하루만큼은 모두가 승리자다. 러너뿐만 아니라, 응원하러 나온 가족과 친구, 동네 이웃들 모두가 어우러져 맘껏 즐기는 작은 지구촌 축제가 된다. 이것이 내가 계속 대회에 참가하는 이유이고, 왜 굳이 돈까지 내면서 뛰느냐는 농담 반, 빈정거림 반의 질문에 대한 나의 답이다.

아! "긴 시간 동안 달리면서 무슨 생각을 하느냐."도 많이 받는 질문 중 하나다. 생각을 해 봤는데 생각이 안 난다. 아마 '무슨 생각'을 안 해서일 것이다. 들어오는 생각들은 바람에 씻겨 나가고, 생겨나는 잡념들은 금세 어디론가 사라진다. 힘들어서일까? 반복 동작을 하며 호흡에 집중하고 계속 달리다 보면 온갖 걱정, 고민 같은 일상의 찌꺼기들이 달궈진 근육 위로 서서히 녹아내린다. 그리고 마침내 자유로워진다. 달리기는 내겐 유일한 해방의 시간, 비움의 시간이며 절대로 소중한 시간이 되었다. 그리고 이젠 나 혼자만의 달리기가 아니다. 내 옆에서 함께 달리는 또 다른 러너가 있다.

  낯선 도시에서, 내게 물었다

2
바통을 이어받고

우리 남편이 달라졌다.

정확히는 달리기를 시작한 후부터였다. 미국에 온 초기, 우리는 살아내기에 바빴다. 쉬는 날이면 소파에 누워 있거나, 컴퓨터 앞에 앉아 있는 시간이 많았던 남편이었다. 그러던 그가 달리기를 시작했다. 짐(gym)으로, 공원으로 나가기에 바빴다. 처음에는 이해가 안 갔다. 다른 것도 아닌 운동에 저렇게 열심이라니. 내가 몰랐던 남편의 모습에 이 사람이 정말 내가 알던 그 사람인가 싶었다. 덩달아 나와 우리 아이들도 바빠졌다. 남편은 달리고 아이들과 나는 걸었다. 혼자 달리던 남편은 좋아하는 후배와 하프 마라톤을 등록하고 열심히 연습해서 첫 메달을 목에 걸었다. 두 사람은 메달보다 '언더 아머'에서 협찬한 완주 기념 티셔츠에 더 기뻐하는 것 같았다.

아직도 잊지 못하는 남편의 첫 마라톤은 메릴랜드에서 가장 큰 대회

중 하나인 'Baltimore Running Festival'에서의 하프 마라톤이었다. 남편의 첫 마라톤은 우리 가족의 첫 마라톤이기도 했다. 아이들과 나는 종일 목이 터져라 응원했다. 남편뿐 아니라 달리는 모든 러너에게 박수를 아끼지 않았다. 세상에 그렇게 많은 사람이 달리고 있다는 걸 그날 처음 알았다. 그것도 적지 않은 돈까지 내면서… 그날 아침, 차가운 공기 속에서도 사람들의 함성은 뜨거웠다. 마라톤대회는 단순한 경기가 아니라 모두의 용기를 응원하는 축제였다.

그 감동의 시간은 나에게도 아이들에게도 잊을 수 없는 기억으로 남아 있다. 아빠가 결승선을 통과하는 순간, 아이들에게는 마라톤을 완주한 당당한 히어로가 되어 있었다. 나도 우리 남편의 그런 모습이 낯설지만 자랑스러웠다. 그날 나에게 또 한 가지 인상 깊었던 건 아직 어린아이를 유모차에 태우고 나온 아빠들이었다. 많은 엄마들이 달리고 있었던 것이다. 나에게는 너무도 생경한 풍경이었는데, 그때부터 나도 달리는 엄마가 되고 싶다는 꿈을 꾸게 되었던 것 같다.

남편은 하프 마라톤을 완주하고 지역 마라톤 동호회를 만들더니 풀 마라톤으로 도전을 이어갔다. 제법 많은 초보 러너들이 모였다. 대부분 나이가 많은 분들인데도 열심히 연습해서 하프 마라톤, 풀 마라톤을 거뜬히 해내는 걸 나는 부러운 마음으로 지켜보았다. 남편의 마라톤 동호회에 대한 애정은 각별했고, 나도 달리지는 않았지만 열심히 참여했다.

    낯선 도시에서, 내게 물었다

그러던 어느 날, 남편이 손을 내밀었다.

"한번 달려 볼래?"

"응."

나는 기다렸다는 듯이 내민 손을 잡았다. 그러고는 호수 두바퀴(5마일, 약 8km)를 쉬지 않고 달렸다. 두 바퀴를 뛰고 나니 내 심장이 오히려 더 뜨겁게 뛰고 있었다. 그날 이후, 나는 '달리는 사람'이 되었다.

누가 "어떻게 달리게 됐나요?" 하고 물으면 이제껏 나는 "어느날 갑자기 달리고 싶어졌고, 처음으로 5마일(약 8km)을 달렸어요."라고 자랑스럽게 이야기하곤 했다. 하지만 그것은 결코 한 순간에 이루어진 일이 아니었다. 뭐든 함께 하고 싶어 하는 남편 덕에 나와 우리 아이들은 같이 운동을 시작했다. 영원한 나의 코치인 남편은 트레드밀에서 달리는 자세나 방법, 근육 운동하는 법을 가르쳐 줬고, 아이들은 우리와 함께 놀며 운동하며 시간을 보냈다. 꾸준히 운동을 하면서 자연스럽게, 나도 언젠가는 달리고 마라톤을 하고 싶다는 꿈을 키우게 되었다.

남편의 첫 마라톤은 볼티모어 하프 마라톤이었고 나의 첫 마라톤은 워싱턴 D.C. 록앤롤 하프 마라톤이었다. 남편과 함께 대회를 등록하고, 완주를 목표로 내 전담코치인 남편과 동네에서, 공원에서 열심히 연습했다. 그 해의 겨울은 유난히 추웠으나 나의 마라톤에 대한 열기로 추위를 느낄 새 없이 지나가버린것 같다. 열심히 연습한 덕분에 첫 마라톤을 무사히 좋은 성적으로 완주할 수 있었다. 첫 마라톤을 함께 한 뒤로도 우리는 함께 할 수 있는 일을 찾아 각자의 목표를 세우고 같이 땀을 흘렸다. 작은 성취감을 누리며 점차 도전의 세계를 넓혔고, 꾸준한 훈련으로 체력과 자신감을 키웠다. 마라톤, 트레일 런, 오픈 워터 수영대회, 삼종 경기까지. 이제 우리 집 한 벽은 메달로 빛난다. 아빠를 응원하던 어린 두 딸의 메달도 조금씩 늘어 가고 있다. 달리기를 통해 우리 가족은 단단하게 이어졌다.

코로나로 모든 대회가 취소되고 집에 머물게 되면서 온라인 북클럽으로 모임을 갖게 되었다. 서로를 알아가는 과정에서 내가 마라톤을 한다는 얘기를 들은 사람들이 관심을 보였다. 겉으로 보기에 전혀 달릴 것 같지도 않은 사람이 마라톤을? 거기에 삼종 경기를 한다고? 저 사람이 할 정도면 나도 할 수 있지 않을까? 하는 자신감을 나도 모르게 주고 있었다. 나의 달리기는 남편이라는 울타리를 넘어 어느덧 〈꿈꾸는 러너 북클럽〉이라는 더 넓은 세상으로 흘러갔다. 이 모임은 단순히 책을 읽고 운동 기록을 나누는 창구가 아니라, 매일 아침 안부를 묻고 숨 가쁜 하루를 응원하며 서로의 마음을 나누는 장으로 나의 삶에 깊이 스며들어 있다.

새로운 멤버가 들어올 때마다 나는 내 안의 서툴렀던 '처음'을 다시 마

　낯선 도시에서, 내게 물었다

주한다. 달리기는 누구에게나 열려 있지만, 막상 첫발을 떼기 위해서는 고독한 용기가 필요하다는 것을 누구보다 잘 알기 때문이다. 주저하는 이들에게 기꺼이 손을 내밀고 함께 호흡을 맞추는 과정에서, 나는 타인의 성장을 진심으로 기뻐할 줄 아는 법을 배웠다. 나 혼자 빨리 달리는 것보다 누군가 포기하지 않도록 곁을 지키는 기쁨이 더 크다는 것을 알게 된 것이다.

이런 선한 마음들이 모여 해마다 작지만 뜨거운 챌린지를 이어간다. 누군가는 꿈만 꾸던 마라톤 완주를 현실로 만들어냈고, 나는 그들의 변화를 보며 '함께의 힘'이 삶을 어디까지 변화시킬 수 있는지를 목격했다. 소규모 강연이나 오프라인 모임이 있을 때마다 남편은 묵묵히 내 뒤에서 짐을 나르고 자리를 정돈해 주었다. 그 모습은 마치 남편이 처음 나를 달리기의 세계로 이끌었듯, 이제는 내가 가꾸어온 나의 세계로 남편을 정중히 초대하는 과정과도 같았다.

우리는 이제 함께 달리며 각자의 보폭을 존중하는 동시에, 같은 꿈을 향해 시선을 모으고 있다. 달리기를 시작했을 뿐인데 삶을 대하는 태도가 완전히 달라졌다. 우리의 여행은 기록을 위한 질주가 아닌 풍경을 나누는 여정이 되었고, 이제는 함께 펜을 들어 그 길 위의 기록을 책으로 엮고 있다. 같이 달린다는 것은 결국, 서로의 인생이라는 주로를 나란히 걷는 일임을 이제야 깨달았다.

3
부부, 베를린을 가로지르다

베를린으로 떠나기 전에 먼저, '여행 이야기'를 하고 싶다.

여행은 떠나는 것이다. 완벽한 무대를 위해서는 리허설이 필요하지만, 완벽한 여행을 할 필요는 없기에 일단 떠나는 게 우선이다.

일상에서 한 걸음만 벗어나도 여행은 시작된다. 다만 조금은 멀리 떠나야 한다. 사소한 일들이 마음에 걸려도 쉽게 돌아 올 수 없는 최소한의 거리가 필요하다.

10년 전쯤, 메인(Maine)주로 가족 캠핑을 다녀왔다. 그 느낌이 사라지기 전에 동네 파크에서 다시 한번 캠핑을 했다. 집에서 약 20분 거리였는데 캠핑장으로 들어서자 메인과 다를 게 없었다. 숲과 나무, 새와 벌레의 웃음소리. '아니 굳이 열 시간씩 운전해서 멀리 갔어야 했나?' 싶은 마음도 들었다. 우리가 며칠 동안 묵었던 메인의 아카디아 국립공원 안에는 샤워 시설이 없었다. 그래서 저녁에 근처에 있는 호수를 찾아 몸을 담그는 것으로 샤워를 대신했다. 붉게 물들어 한 몸이 돼버린 하늘과 호수의 경계 위에 노는 아이들의 실루엣으로 행복을 그렸다. 그것으로 충분했고, 아이들도 좋아했다.

그에 반해 동네 주립공원은 화장실도 깨끗했고 샤워 시설이 잘 되어 있었다. 그런데 아이들이 베개가 불편하니 집에 가지러 가야겠다고 한다. 간 김에 샤워도 하고 오겠다고 한다. 바비큐용 집게를 두고 왔다고 챙겨 오란다. 올 때 깻잎도 사 오고. 그 외중에 거래처에서 전화가 왔고, 결국 가게에도 다녀왔다.

이건 여행이 아니다.

여행 짐을 다시 싸기 시작했다. 지금이 딱 좋다. 인생은 늘 선택의 기로에 놓여있다. 여전히 짜장면과 짬뽕 사이에서 쉽게 결정을 못 하지만, 앞으로 어떻게 살아야 내가, 우리가 좋을지는 점점 명확해지고 있다. 젊은 날 인생 낭비하지 말고 차곡차곡 준비하며 살아야 할지, 다시 돌아오지 않을 청춘을 맘껏 도발하며 즐겨야 할지, 고민할 나이가 지나버린 덕분이다. 아름다웠던 청춘이 살짝 아쉽기는 해도 지금이 더 좋다.

나는 이런 여행자이고 싶다. 짐은 가볍되 여행자의 품위가 가벼워선 안 된다. 고갯길을 마다하진 않지만 고행길은 원하지 않는다. 매일이 즐거워야 한다. 그렇다고 꽃길만 따라갈 생각은 없다. 혼자라도 좋고 여럿이라도 상관없다. 다만 내가 멈추고 싶을 때나 돌아가 보고 싶은 길이

생길 때, 심지어 갑자기 목적지를 바꾸게 되더라도 눈치 볼 필요가 없으면 된다. 하지만 긴 인생 여행에선 둘이면 좋겠다. 인생은 결국 외톨이라고들 하지만, 너무 긴 혼자는 외롭고 너무 많은 동행은 복잡하다. 하나 같은 둘이면 딱 좋겠다.

지금 내 아내가 그런 사람이다. 아내는 내 남은 여행의 모든 여정, 모든 순간을 함께 즐길 수 있는 완벽한 동반자이다. 완벽하단 말에 자신이 있냐고 묻는다면 이렇게 반문할 수 있겠다. 서로 다른 두 사람이 낯설고 막연한 삶의 여행길에 올라 함께 헤매고, 고민하고, 잃고, 다시 찾기를 수없이 반복하고 연습해 온 파트너이기에 그 자리에 다른 누가 있을 수 있냐고. 그래도 완벽이란 단어에 심사가 뒤틀리신다면 '이보다 더 좋을 수 없다(As Good As It Gets)' 정도로 해두자. 1997년, 잭 니컬슨과 헬렌 헌트의 완벽한(?) 호흡이 만들어 낸 영화 제목처럼.

베를린

2022년 9월, 아내와 함께 베를린 마라톤을 뛰었다. 출발선까지 걸어갈 수 있는 호텔을 선택했고, 오랜 시간 모아둔 마일리지를 아낌없이 풀었다. 대회 전날, 파스타를 먹기 위해('카보로딩'을 위한 마라토너들의 대회 전 필수 루틴이다) 미테 구역을 걷다가 브란덴부르크 문 바로 옆 예쁜 레스토랑을 발견해 들어갔다. 브란덴부르크 문은 베를린의 관문이자 동서독 통합의 상징이 된 곳으로, 내일 150여 개국에서 온 약 45,000명의 선

　　　　　　　　　　　　　　　낯선 도시에서, 내게 물었다

수가 이곳에서 마지막 200m를 질주하며 결승선을 통과하게 된다. 아마 단순 관광객으로 이 문을 마주했다면 이 정도로 가슴이 요동치지는 않았을 것이다.

식당 안은 세계 곳곳에서 모인 러너들로 가득했고, 메뉴는 파스타 일색이었다. 당시 세계 기록 보유자였고 바로 다음 날 자신의 기록을 다시 한번 경신하게 될 엘리우드 킵초게는 보지 못했지만, 언뜻 봐도 메달권의 엘리트 케냐 선수들이 바로 옆 테이블에서 담소를 나누고 있었다. 그날 저녁 우리가 충전한 것은 탄수화물만이 아니었다. 전 세계 러너들이 뿜어내는 포스와 생의 에너지까지 가득 담아 올 수 있었다.

우리는 맥주를 한 잔씩 시켰다. 독일 하면 맥주 아닌가. 옆 테이블의 엘리트 선수들과 우리의 차이는 기록만이 아니었다. 그들이 오늘 밤은 꿈도 못 꿀 시원한 맥주 한 잔을 우리는 즐길 수 있었던 것이었다. 우리의 목표는 기록이 아니었기에.

레이스를 즐겁게 완주한 후, 며칠 동안 베를린의 골목을 천천히 걸었다. 곳곳에서 메달을 걸고 있는 러너들과 마주쳤다. 많은 러너가 며칠 동안 그렇게 베를린을 즐긴다. 여기까지 온 김에 그리 멀지 않은 뮌헨에서 옥토버페스트 맥주 한 잔을, 모토레이싱의 성지 뉘르부르크링에서 엔진의 굉음을, 프라하의 연인이 되어 야경을 걷고, 부다페스트 온천에 몸을 담가보고 싶기도 했지만, 우리는 일주일 동안 베를리너로 살기로 했다.

　지금까지 많은 여행을 하지는 못했지만, 틈나는 대로 짧은 여행을 다니며 우리의 여행은 모양을 갖추기 시작했다. ‘어디를 가느냐’ 보다 ‘무엇을 하느냐’다. 그렇다고 많은 것을 하려 하지 않는다. ‘간 김에’ 인근 도시, 나라를 무리하게 끼워 넣지 않는다. 현지 음식은 꼭 맛보되, 맛집 투어는 하지 않기. 물론 여행 테마가 음식이라면 얘기는 달라지지만, 이번엔 마라톤이다.

　우리는 주로 길거리 음식이나 가까운 식당에서 끼니를 때웠다. 동네 마트에서 음료수와 간단한 아침거리를 사고, 빈 병은 다시 환불받았다. 마음에 드는 가게나 장소를 찾으면 다음 날 다시 가서 좀 더 시간을 보냈다. 하케셔 호프에 있는 안네 프랑크 전시에 오래 머물렀고, 마우어파크에서는 저녁노을을 보며 어두워질 때까지 앉아 있었다. 전동 킥보드를 처음 도전해 보기도 했다. 아내가 무서워해서 앞에 아내를 태우고 운전해야 했다. 처음엔 조금 긴장을 했지만 어느새 우린 〈타이타닉〉의 로즈와 잭이 된 양 베를린 골목 골목을 누볐다. 젊은 커플들이 그렇게 하기에 교통법을 확인할 생각도 하지 않고 따라 했는데, 지금 생각해 보면 매우 위험하고 철없는 행동이었다. 하지만 그날 저녁 내 뺨을 간질이던 베를린의 가을바람과 아내의 머리카락 감촉은 아직도 잊을 수 없다.

　모든 여행은 나름 좋은 기억으로 남아 있지만, 좀 더 나답고 우리다운

　　　　　　　　　　　　　　낯선 도시에서, 내게 물었다

여행을 위하여 계속 연습 중이다. 그동안의 여행 연습 중 산티아고 순례
길 걷기와 베를린 마라톤은 가장 기억에 남는 우리다운 여행이었다고
말할 수 있겠다. 지금까지는 우리 노후 인생 여정의 초벌 작업이다. 이
제부터는 좀 더 단단히 보정하고, 색을 입히고, 모양을 다듬고, 마지막
광을 낼 차례다. 서두르지 않는다. 많은 연습을 더 해가며, 천천히 우리
만의 여행을 완성해 보려 한다.

4
산티아고에서 함께 지난 구간

오리손(Orisson) 알베르게[*]

2019년 6월 어느 날 저녁이었다. 설렘 반, 기대 반의 얼굴들이 긴 식탁에 빼곡히 모여 앉았다. 그들 사이에서 동양인인 우리 가족 넷은 금세 눈에 띄었다. 첫날의 들뜬 마음 때문이었을까. 그들과 마주 앉아 나누었던 저녁 식탁의 풍경은 시간이 한참 지난 지금도 나의 몸 세포 어딘가에 잔잔히 머물러 있다.

정해진 시간이 되자 알베르게에서 준비한 순례자의 식사가 놓이고, 짧은 환영 인사 후 자기소개가 이어졌다. 아내와 사별한 뒤 길에 올랐다는 중년 남성의 울컥한 고백, 아빠와 딸, 엄마와 아들, 설렘 또는 담담함으로 흘러나오던 각자의 이유. 나는 한국어로 우리 가족의 이야기를 들려주었고 큰딸 단미가 통역을 맡았다. 어눌한 영어 대신 마음이 가장 정확하게 전해지는 언어로 말하고 싶었다. 남편은 "우리는 마라토너라 더 멀리 걸

[*] 알베르게는 스페인어로 순례자들을 위한 숙소, 즉 쉼터나 피난처를 뜻한다.

    낯선 도시에서, 내게 물었다

을 힘도 있었지만, 여러분을 만나기 위해 오늘 이곳에 머물렀다."라며 장난스레 분위기를 풀었다. 아이들이 어떤 소개를 했는지는 잘 기억나지 않는다. 아마 그 순간 내 감정에 취해 있었던 모양이다. 그렇게 서로의 이야기와 와인을 나누면서 우리의 순례길 첫날은 조용히 저물어 갔다.

숙소는 여섯 명이 함께 쓰는 방이었다. 다음날 피레네산맥을 넘어야 했기에 일찍 잠자리에 들었지만, 옆 침대에서 들려오는 크고 묵직한 코 고는 소리에 깊은 잠은 쉽지 않았다. 한밤의 음악회 주인공은 크로아티아에서 온 마틴이라는 중년 남성인데, 그 뒤로도 걷는 내내 자주 마주쳤고 만날 때마다 이름을 부르며 어깨를 가볍게 안아주던 따뜻한 사람이었다.

다음 날 새벽, 오리손 앞에서 바라본 운해 위로 떠오르는 태양의 광경은 숨이 멎을 만큼 장엄했다. 아무 말 없이 그 앞에 서 있는 것만으로도 이미 순례길의 의미를 모두 얻은 듯했다. 옆을 보니 딸아이의 눈시울이 여명처럼 붉어지고 있었다. 그 순간만으로도 "오길 참 잘했다."라는 생각이 들었다. 그렇게 우리의 산티아고 순례가 시작되었다.

스페인의 산티아고 데 콤포스텔라 대성당을 향한 장거리 도보 여행길인 산티아고 순례길은 다양한 루트가 있으며 가장 잘 알려진 프랑스 길은 약 800km에 달한다. 종교적 순례의 의미뿐만 아니라 세계 문화유산으로서의 가치를 지니며, 유럽 각지에서 출발해 보통 30~40일 정도의 시간이 걸린다. 우리는 그만큼의 시간적 여유가 없었기에 여러 순례길 중, 프랑스의 작은 마을 생장피에드포르에서 시작해서 피레네산맥을 넘어가는, 일명 나폴레옹 루트를 선택해 일주일만 걷기로 했다. 그 길은 가장 아름답지만 어려운 코스였다. 대학생인 큰딸, 고등학교 2학년인 작은딸, 둘 다 이제 독립을 앞두고 이때가 아니면 안 되겠다 싶어 큰 결심을 한 것이다. 걷기만 하는 여행으로 아이들이 안 따라나서면 어쩔지 걱정했지만, 다행히 흔쾌히 따라나섰다. 시작은 같이하지만, 나머지 길은 혼자여도 좋고, 친구나 연인, 미래의 너희의 가족과 함께 마무리하길 바란다고. 엄마 아빠도 꼭 돌아와 남은 길을 걸을 것을 약속했다.

여행을 계획하고 나니 아이들의 체력이 걱정되었다. 마라톤 훈련부장답게 남편은 그날부터 산티아고 순례길 훈련 계획을 세웠다. 각자 이름을 넣은 계획표를 벽에 붙여 놓고 서로의 훈련을 체크했다. 푸쉬업, 매달리기, 스쿼트, 런지, 플랭크를, 부엌을 중심으로 한 바퀴 돌면서 완수했다. 예전에 체육 시간에 하던 순환 운동이 생각났다. 늘어가는 스쿼트 개수만큼 우리의 체력과 추억은 쌓여갔다. 주 1회 배낭을 메고 하이킹하며, 작은 개울을 건너고 물에 발이 빠지기도 하면서 추억을 만들어 갔다. 이미 그때부터 우리의 여행은 시작된 것이다.

구름 위를 걷던 날, 피레네의 푸른 약속

오리손(Orisson)에서의 하룻밤을 뒤로하고 피레네산맥의 첫 능선에 올랐을 때, 나는 내가 현실 속에 있는지 의심했다. 발 아래 펼쳐진 풍경은

　　　　　　　　낯선 도시에서, 내게 물었다

단순한 경치가 아니라, 살아 숨 쉬는 한 폭의 유화였다. 머리 위로는 캔버스처럼 넓게 펼쳐진 구름과 하늘, 멀리서 들려오는 양 떼들의 청명한 방울 소리, 바람을 가르며 뛰노는 말들. 문득, 어린 시절 수없이 읽었던 『알프스의 소녀 하이디』의 세상이 바로 이런 곳이었을까 생각했다. 내가 이 믿기지 않는 풍경 속에 서 있다는 사실 자체가 기적처럼 느껴졌다.

그 평화로운 목초지에는 피레네의 토종말들인 메렌(Mérens)과 포토크(Pottok) 종이 방목되고 있었다. 다부진 체격이 꼭 우리 제주도 조랑말을 닮은 이 말들은, 놀랍게도 사람들에게 전혀 경계심이 없었다. 동물을 좋아하는 우리 가족은 이들과 가까이 다가가 눈을 맞추고 부드럽게 쓰다듬으며 오래 머물렀다. 그 순간, 집에 두고 온 나의 소중한 강아지 '뽀뽀' 생각이 간절해져 코끝이 찡해지기도 했다. 그러나 그 그리움마저도 아름다운 풍경의 일부가 되었다. 우리는 이 웅장하고 순수한 자연 앞에서 언젠가 꼭 다시 이 길을 걷겠다는 나지막한 다짐을 했다.

시간이 흘러 집으로 돌아온 지금도, 아이들은 가끔 그때를 회상하며 애기하곤 한다.

"산티아고 길 중, 역시 피레네가 최고였어."

그 짧은 한마디가 내게 주는 고마움은 이루 말할 수 없다. 아이들의 기억 속에 피레네산맥의 구름과 말들이 얼마나 깊은 감동으로 남아있는지 알기에, 나는 그 길을 걸었던 모든 순간이 축복이었음을 깨닫는다. 피레네는 우리 가족에게 푸른 하늘 아래서 나눈 가장 아름다운 약속으로 영원히 남을 것이다.

　순례길의 하루는 단순하다. 다음 알베르게가 나타날 때까지 걸을 뿐. 도착하면 샤워하고 빨래를 널어놓고는 골목을 거닐며 무엇을 먹을지 고민한다. 그 단순한 일정에 마음이 편해지는 시간. 모두 같은 시간에 자고, 같은 시간에 일어나 배낭을 메고 다시 걸음을 내디딘다. 때로는 말없이, 때로는 진지한 대화를 나누며. 그런 단순한 반복 속에서 우리는 작은 즐거움을 찾아내었고, 그것으로 충분했다. 그렇게 매일매일 온전한 하루를 보냈다. 걷는 동안 만났던 사람들에게도 각자의 사연이 있었다. 자주 마주치던 호감 가는 청년과 예쁜 처녀가 어느 날부터인가 연인이 되어 함께 걷는 모습을 보고 다들 미소를 지었던 기억도 난다. 순례길은 이렇게 서로 다른 이야기들이 자연스레 어우러지는 길이다.

　7년이 지난 지금 두 딸은 독립해서 각자의 자리에서 열심히 살아내고 있다. 힘들고 지칠 때, 우리가 함께 걸었던 길을 떠올리며 작은 미소라도 지을 수 있기를 바란다. 이 길은 단지 산티아고를 향해 걷는 길이 아니라 우리 가족 서로의 마음을 향해 가는 길이었다. 이 길을 걸으며 우리는 서로를 좀 더 이해할 수 있었고 더 단단한 끈으로 이어졌다. 그리고 앞으로 우리가 떠날 모든 여행의 지표가 되어 줄 길이기도 하다.

　　　　　　　　　　　　　　낯선 도시에서, 내게 물었다

김지영

"지금이, 딱 좋다"

미국 엘에이 거주 41년 차

텍스타일 디자이너

1.5도 아니고 1.25세대라 하면 딱 알맞을 어정쩡한 나이에 부모님과 네 남매가 미국으로 이민 왔다. 한국어 실력은 그 나이에 딱 멈추었고, 영어는 그때부터 유노, 아이노(You know, I know) 수준으로 시작됐다. 지레 겁먹고 국문과나 영문과 문학 지망생에서 급격히 미술로 전공을 바꾸어 디자이너가 됐다. 어쨌거나 미국에서 40년쯤 살다 보니 일상과 직장 생활을 하는 데는 불편이 없는 바이링궐(bilingual)이다. 하지만 '에세이 쓰기'는 차원이 다르다. 두 언어 모두 미흡한 어휘력과 문법 실력에 사전과 씨름하며, 한 문장 한 문장 써나간다. 그래도 책이 좋고, 읽는 일은 세상에서 가장 사랑하는 일이다. 쓰는 일은 즐겁기보다 고통스러울 때가 더 많지만 나와 마주하는 시간이다. 내가 좀 더 나은 사람으로 살아갈 힘이 되는 시간이라 멈출 수 없다.

Q1. **디자인, 달리기, 글쓰기 등 서로 다른 것을 병행하며, '나'를 지키기 위해 가장 중요하게 여긴 것은 무엇인가요?**

어디에 있든, 무엇을 하든, 결국 나를 지켜준 것은 '나다움'을 놓치지 않으려는 마음이었어요. 어린 시절부터 꾸준히 해온 독서는 그 '나다움'을 찾아가는 여정에 가장 큰 길잡이가 되어 주었습니다. 글쓰기와 달리기는 나의 내면을 차분히 들여다볼 수 있는 창과 같았습니다. 그 과정이 세상을 바라보는 시야를 넓히며 삶의 기준을 단단히 세우는 데 중요한 역할을 했다고 생각해요.

Q2. **색과 질감, 흐름을 다루는 텍스타일 디자이너로서의 감각이 당신의 세계관이나 글쓰기에도 어떤 영향을 미쳤는지 궁금합니다.**

모든 예술의 탄생이 그러하듯 창작의 핵심은 생각의 개방성과

마음의 유연성이라 생각해요. 닫힌 마음으로는 새로운 패턴을
만들 수 없고, 익숙한 방식에 머물러서는 독창성이 생기지 않
죠. 이러한 감각이 삶의 방식과 태도에 자연스레 스며들어 글
쓰기에도 영향을 미친 거 같아요. 고정관념을 깨뜨려야 문장이
숨을 쉬고 나만의 시선이 드러나지 않을까요? 마음을 열어두
면 세계를 보는 눈도 넓어지고, 새로운 것을 받아들이는 일도
훨씬 자유로워집니다.

Q3. **마라톤을 꾸준히 하고 계신다고 들었습니다. 달리기는 어찌 보
면 '기록'과 닮은 행위이기도 한데요, 몸을 움직이는 일과 글로
사유하는 일이 당신에게는 어떻게 연결되어 있나요?**

달리기와 쓰기(기록)는 억지로 애쓰지 않아도 자연스럽게 성찰
과 명상이 이루어진다는 점에서 서로 닮았습니다. 굳이 정좌하
고 눈을 감고 집중하지 않아도 됩니다. 매일 쓰다 보면 보이지
않던 것들이 보이고, 달리다 보면 어느 순간 마음이 차분해집
니다. 달리기를 하며 몸에 일어나는 변화가 뇌에도 영향을 끼
친다고 하지요. 그 흐름 속에서 마음의 균형을 유지하며 나를
사랑하는 법을 익힙니다.

Q4. **책을 읽고 서평을 쓰는 일도 오래 이어오셨죠. 독서와 글쓰기가 단순한 취미를 넘어 삶의 태도를 바꾸어준 경험이 있었다면 어떤 것이었나요?**

'서평'이라고 하면 너무 거창하고 그저 지극히 개인적인 '책 감상'을 씁니다. 책을 읽고 나면, 특히 유난히 마음 깊이 남는 책일수록 누군가와 대화하고 싶어지잖아요. 근데 주변에 책 이야기를 나눌 사람이 없어, 온라인에서 같은 마음의 독서가들과 소통하기 위해 감상을 적기 시작했습니다. 뜻밖에도 그 과정이 책을 더 깊게 읽고, 오래 기억하는 습관으로 이어졌고요. 사실 '에세이 쓰기'는 바로 그 마음에서, 책 감상을 잘 써보고 싶다는 바람에서 시작된 셈입니다.

Q5. **지금의 당신에게 '나다운 삶'이란 어떤 의미인가요?**

지금의 제게 '나다운 삶'은 자족하며, 평정을 유지하는 삶입니다. 현재 저에게 가장 필요한 것과 중요한 것이 무엇인지 곰곰이 생각해 보면, 이미 충분히 갖추고 있다는 생각이 들어요. 내가 가진 것에 만족하고 감사하기. 그리고 하루하루 일상을 성실히 살아가는 것, 그렇게 살다 보면 주위에서 일어나는 크고 작은 일에도 흔들림 없이 평정을 유지하며 충만한 삶을 살 수 있을 것 같습니다.

1
읽는 시간, 나를 채운다

내 인생을 통틀어 지금이 가장 만족스럽다. 평안하다. 10대와 20대보다 나은 건 물론이고 30~40대를 지나온 지금, 50대의 내가 그 어느 때보다 충만하다.

사회적으로 명예를 얻은 것도 경제적으로 큰 성공을 거두어서도 아니다. 그렇다고 복권이 당첨되거나 오랫동안 품어온 꿈이 이루어진 것도 아니다. 세월이 가고 나이가 드니 저절로 연륜이나 여유가 생겨서도 아닐 것이다. '행복한 사람은 습관이 좋은 사람이다.'라는 말에 전적으로 동의한다. 일회성인 기쁨은 행복이라기보다 쾌락에 가깝다. 행복은 반복되는 일상의 소소한 습관에서 피어난다. 나는 그것을 경험으로 안다. 내가 지금에 만족하는 이유는 오랜 세월 동안 꾸준히 지켜온 두 가지 습관 덕분이라 믿는다.

하나는 '읽기와 쓰기', 그리고 다른 하나는 '달리기'다. 읽기와 쓰기는 책이라는 공통분모가 있어 하나로 묶었지만, 사실 성격은 크게 다르다. 엄밀히 말해 세 가지인 셈이다.

이 세 가지 루틴은 나도 의식하지 못하는 사이에 '나다움'이 무엇인지 깨닫게 해 주었고, 나의 내면을 단단히 하고 나를 지켜주는 갑옷이자 무기가 되어주었다.

나에게 중요한 세 가지, 그 첫 번째 '읽기' 이야기로 천천히 들어가 본다.

첫 만남

학교에 입학하기 전이다. 다섯 살 아니면 여섯 살쯤일 텐데 나는 아버지 무릎 위에 앉아 있다. 그러니 더 어릴지도 모른다. 집에 그림책 외판원 아주머니가 오셨다. 그림책 한 세트를 둘러보는 중이다.

나는 아버지가 건네준 책을 한 권 읽고 있다. 그 책은 『나무꾼과 선녀』였다고 어슴푸레하지만, 묘한 확신을 갖고 기억한다. 아버지가 물으신다. '재미있나? 사주까?' 물으시며, 방금 읽은 책 줄거리를 얘기해 주면 사 주신단다. 갖고 싶은 마음에(이때부터 나의 책 소장 욕심이 싹텄나 보다), 선녀가 아이 둘을 안고, 하늘로 올라가고, 어쩌고저쩌고하면서 나름 또박또박 얘기한다. 믿거나 말거나, 내가 기억하는 책과의 첫 만남이다.

이 그림책 전집이 우리 집에 들여놓은 첫 책 세트이다. 그 후로 우리 집엔 그 당시 유행하던 웬만한 소년·소녀 세계문학 전집은 다 있었다. 나는 책 한 권만 잡으면 시간 가는 줄 모르고 책에 빠져드는 책벌레, 내향인으로 자란다.

윤동주와 헤르만 헤세

중1 국어 교과서에 윤동주의 「서시」가 있다. "하늘을 우러러 한 점 부끄럼이 없기를…" 이 한 줄이 지금 막 중학생이 된 소녀의 마음을 세게 두드렸다. 마치 문신처럼 깊게 새겨졌다. 한 점 부끄럼 없이 살다, 잎새에 이는 바람에도 괴로워하며, 별을 노래하는 마음으로 모든 죽어가는 것들을 사랑하던, 이국의 감옥에서 죽은 젊고 잘생긴 시인을 생각하며 울었다.

그는 겨우 스물일곱이었으며 그토록 바라던 조국의 해방을 몇 달 앞두고 1945년 2월 16일에 생을 마감해 나를 더욱 가슴 아프게 했다. '나도 죽는 그날까지 (시인에게) 부끄럽지 않은 삶을 살아야겠다.'라고 맹세했다.

그 시절 내 사고의 폭을 일깨운 작가와 책이 하나 더 있다. 헤르만 헤세의 『데미안』. 지금 생각하면 제대로 이해했었을까 싶을 정도로 절대 쉽지 않은 책인데 그토록 공감하며 읽을 수 있었던 게 신기하다.

"내 속에서 솟아 나오려는 것, 바로 그것을 나는 살아보려 했다. 왜 그

것이 그다지도 어려웠을까.” 이 첫 구절을 읽자마자 뭔가에 홀리듯 단번에 빠져들었다. 나는 누구인가, 내 속에는 무엇이 들어있을까, 그게 궁금했다. 싱클레어의 삶의 여정에 데미안이 함께해 주었듯 나도 데미안에게서, 헤세의 책에서 해답을 얻고자 했다.

이제 막 자아의 눈을 뜨려 할 때 만난 문학은 그 후의 나의 인생길에 등불이 되어주었고, 다양한 삶의 가치들을 차곡차곡 채워주기 시작했다. 나는 ‘나다움’을 찾고 ‘부끄럽지’ 않을 인생을 살고자 했다.

두 언어

고등학교 2학년 때 가족과 함께 미국으로 이민을 왔다. 그때까지는 한 번도 겪어 보지 못한 ‘소통의 장벽’에 부딪쳤다. 대화조차 힘든 마당에 문학 공부라니… 지레 겁먹고 그나마 언어가 크게 영향을 미치지 않는 (다고 착각한) 미대, 디자인학과를 선택했다.

대학 시절 룸메이트가 영문학 전공자였다. 그녀가 읽는 책의 분량과 난이도, 특히 초서나 셰익스피어 같은 고어로 된 텍스트들을 보면서 문학을 선택하지 않은 결정에 은근히 안도했다. 현대 영어도 버거운데 고전 영문학을 읽고 이해하는 것은 불가능해 보였다.

전공은 아니어도 영문학은 필수 과목이었다. 그 당시 윌리엄 포크너,

낯선 도시에서, 내게 물었다

제임스 조이스, 헤밍웨이의 단편들을 읽으며 단편소설의 묘미를 알게 되었다. 불필요한 장면이나 설명을 다 들어낸 단편의 짧지만 강렬한 울림에 몸이 떨렸다. 문장 사이의 여백은 상상력의 나래를 펼치게 하고, 돌이킬 수 없는 인생의 어느 한순간을 날카롭게 포착해 확대해 보여주는 그 절제된 문장들은 책을 덮은 뒤에도 오래도록 마음을 붙잡는다. 지금도 내가 가장 좋아하는 장르가 단편인 이유는 바로 이런 순간을 음미하기 때문이다.

한국 소설은 그 당시 꽤 영향력이 있던 이상 문학상 작품집과 윤대녕, 은희경, 신경숙, 전경린 등의 작품들을 즐겨 읽었다.

한국 작가의 책은 한국어로, 영미권 작가의 책은 영어로 읽으며 번역이 아닌 원어로 읽는 것의 중요성을 깨달았다. 번역이 미처 담아내지 못하는 결을 느끼게 되었다. 같은 문장이라도 감동의 온도가 다르다. 특히 문학 작품일수록 작가의 생각과 감정이 더 직접적이고도 생생하게 와닿는 것 같았다.

완벽하지 않은 두 언어 사이에서 좌절의 시간과 어려움이 많았지만, 지금은 한강의 문장을 모국어로, 존 스타인벡의 아름다운 묘사를 원어로 읽을 수 있어 다행이라고 생각한다. 다음 생애도 책을 사랑하면 더 많은 언어로 세계를 읽어보고 싶다.

책수다

세월이 흘렀다. 대학을 졸업한 후론 주위에 책 읽는 사람을 만나지 못했다. 30대 후반의 늦은 결혼과 출산 후엔 책장의 내 책들은 박스로 옮겨지고, 그 자리는 아이들 책으로 채워졌다. 전자책과 이북의 등장으로 종이책 사는 일이 시대에 뒤떨어진 것마냥 느껴졌다.

나의 독서는 이제 출퇴근 시간에 듣는 오디오 북으로 한정되었다. 도서관에서 카세트테이프나 CD에 담긴 책을 빌려 들었다. 셀렉션도 많지 않았고 어느 작가의 작품이 좋은지도 알기 힘들었다. 당연히 한국 작가의 책들과는 멀어졌다.

어느 날 우연히 듣게 된 책 이야기하는 팟캐스트는 나의 외로운 독서 생활에 화르륵 불을 지폈다. 〈이동진의 빨간책방〉, 〈문학이야기〉, 〈김영하의 책 읽는 시간〉 등등 많기도 했다. 내가 얼마나 간절히 다른 독서가와 연대를 바라고 있었는지 깨달았다. 책 이야기를 내가 누군가와 나누는 것도 아니고 남들이 하는 걸 듣기만 해도 그렇게 재미난 일인지 누가 알았겠는가. 마치 내가 옆에 앉아 함께 고개 끄덕이며 대화에 참여하는 듯한 착각이 들 정도였다. 정말 그랬다. '그래! 맞아 맞아!' 하며 맞장구치고 함께 웃고 감탄했다.

소설이나 수필이 아닌 다른 장르의 책을 탐독하기 시작한 것도 이때다.

　　　　　　　　　　　　　　　　낯선 도시에서, 내게 물었다

딸들은 늘 책을 끼고 사는 엄마를 좋아한다. 어려서부터 북리포트 숙제를 늘 제 일인양 신나 하며 도와주었다. 본인들은 안 읽어도 집안 어디에나 굴러다니는 엄마의 책들 덕분에 웬만한 책 제목과 표지는 눈에 익었다. 틱톡이나 인스타 인플루언스들이 책을 언급하면 엄마가 읽은 책이라고 은근히 자랑한다.

마인크래프트나 레고로 집 짓는 놀이를 할 때 엄마의 집에는 항상 제일 크고 멋진 서재를 넣어준다. 주변에 도서관과 북스토어도 잊지 않는다. 엄마의 꿈이란 걸 잘 안다.

지금 아이들 세상에는 책보다 재미있고 훨씬 더 빠른 자극과 흥분을 줄 수 있는 것들이 많아서 읽는 재미를 아직 모른다. 언젠가 그들도 손에서 놓고 싶지 않은 책을 발견하고 엄마와 신나게 책 수다를 떠는 날이 오지 않을까… 라는 희망을 품고 산다.

왜 읽는가

책 읽는 시간이 가장 행복하다. 아주 어렸을 때나 10대에는 순전히 재미로 스토리에 푹 빠져 읽었다. 갈피를 못 잡고 방황하던 20~30대는 지적 욕구를 채우거나 인생의 의미, 철학적 탐구를 위해 읽었다. 40대 이후부터는 그저 '읽는 일 자체'로 모든 욕구가 충족된다는 걸 안다.

재미, 배움, 감동, 통찰, 사유가 어린 시절부터 차곡차곡 쌓여 지금의 내가 있다. 책을 통해 작고 좁은 나의 세계를 벗어나 다른 삶과 세계에 맞닿을 수 있었다. 책 한 권이면 언제든 내가 원하는 시간과 공간으로 깊숙이 들어갔다가 나올 수 있다. 그런 시간과 스토리들이 쌓여 나의 삶이 보다 풍성해지고 나 자신을 객관적으로 바라볼 수 있는 시선을 갖게 되었다.

그러면 한 걸음 뒤로 물러나 나와 내 삶을 바라보는 여유가 생긴다. '나'라는 존재는 몇백만 년의 인류 역사와 넓디넓은 지구, 그보다 더 큰 우주 속에서 보면 얼마나 미미하고, 아무것도 아닌 존재인지. 동시에 또 유일무이한 존재라는 것도 깨닫게 된다.

이런 생각을 하다 보면 사는 일이 그리 대단치 않고, 죽는 일도 별로 두렵지 않다. 지금 내게 무엇이 가장 소중한가를 깨닫게 되면 불필요한 욕구가 사라져 마음이 편안해진다. 이게 바로 내가 생각하는 행복이며 만족한 삶이다.

요즘엔 책 읽는 사람이 많지 않음에도 불구하고 여전히 수많은 새 책들이 출간된다. 그리고 아직 읽지 못한 고전들은 또 얼마나 많이 쌓여있나. 역시 읽는 습관은 평생 바닥이 드러날 일 없는 행복의 샘이며, 나다움을 지키고 즐겁게 살아갈 수 있게 해주는 마법이다.

　　　　　　　　　　　　　낯선 도시에서, 내게 물었다

2

쓰는 시간, 나를 다듬는다

책 좋아하는 사람치고 문구를 사랑하지 않는 사람이 있을까? 나 역시 문구 덕후다. 뭔가를 끄적이며 기록하는 걸 좋아한다. 종이와 공책과 펜과 연필, 필통… 문구점에서 파는 거라면 다 환장한다.

그중 공책 종류, 다이어리나 플래너에 제일 약하다. 매년 12월이면 새해에 쓸 새로운 다이어리를 고르는 일은 내가 은밀히 즐기는 리추얼이다. 심혈을 기울여 신중하게 고른다. 내가 주로 애용하던 스타일은 두 페이지에 일주일을 볼 수 있는 위클리 플래너(weekly planner)다. 이 리추얼은 고등학교 때부터 지금까지 이어지고 있다.

그동안 쓴 다이어리 40여 권을 아직도 다 가지고 있다면 믿으시겠는가? 언젠가 그걸 한데 모아 사진을 찍어 인스타 피드에 올린 적도 있다. 기록에 관한 책 감상을 쓸 때였다.

그 세월 동안 하루도 빠짐없이 매일 뭔가를 쓴 건 아니다. 일기보다는 주로 짤막하게 스케줄이나 할 일을 적는 플래너의 용도로 더 많이 썼다.

내가 '쓰기'의 매력에 빠진 것은 하루 한 페이지씩 일기를 쓰면서부터다. 10여 년 전쯤 매일 뭔가를 써보자는 생각을 했다. 무조건 하루에 한 페이지를 채우기. 무엇이든 괜찮았다. 그날 든 생각부터, 스케줄이나, 투두 리스트, 책이나 강의에서 들은 문장 등 아무거나. 하루도 빠짐없이 5.5" x 8.5" 공책 한 페이지를 꽉 채우는 것이 목표였다.

쓰다 보니 주절주절 마치 친구와 대화하듯 이런저런 생각들을 꺼내놓게 되었다. 그리고 '씀'으로 얻어지는 테라피의 효과를 경험했다. 어차피 나만 볼 건데, 민낯을 다 드러내면 어떠랴. 모든 가식을 벗어내고 솔직한 내 모습과 마주했다.

신기하게도 어떤 복잡한 문제나 얽힌 감정도, 쭉 적어 나가다 보면 페이지 맨 아래 줄에서는 실타래가 풀리듯 싹 정리되고, 문제를 정확히 바라볼 수 있게 된다. 답을 얻을 때도 있고 원하는 답을 얻지 못할 때도 있지만, 괜찮다. 문제를 제대로 파악했으니 할 수 있는 것과 없는 것을 나누어 하나씩 해나가거나, 포기하면 된다.

화가 나거나 슬프거나 좋지 않은 감정일수록 효력이 뚜렷하다. 한 페이지를 꼬박, 씩씩거리며 욕을 한 다발 쏟아붓고 나면, 거짓말처럼 마음이 확 풀린다. 신경 쓰이던 일이 하찮아지고, 마음의 평화를 되찾게 된다.

감정을 끄집어내기만 해도 어느 정도 치유가 되는구나 싶었다. 솔직

 낯선 도시에서, 내게 물었다

하게 있는 그대로의 나를 직시하기 때문일 것이다. 감정이 가라앉고 나면 다시 이성을 되찾고 객관적인 시선으로 바라볼 수 있게 된다. 새로운 눈으로 냉정하게 따져보고 분석해 보는 것이다.

이런 작업이 반복되다 보니 나도 모르게 '감성 근육'이 생기고 감정에 휘둘리는 일이 줄어들게 되었다. 그렇게 3년쯤 지나고 나니 매일 쓰기가 루틴이 되었다.

그리고 4년 전 '5년 다이어리(Five Year Diary)'를 만났다. 페이지 맨 위에 날짜와 달만 있고 아래로 5년을 쓸 수 있는 칸이 나뉘어있다. 한 페이지에 5년의 기록이 다 보인다. 어느 날 책을 보다 이 다이어리를 알게 됐고, 완전 취향 저격이었다. 바로 주문해 쓰기 시작했다.

그 설레던 첫째 날 'May 27' 라 쓰인 페이지를 펼쳐보면 이런 내용들이 눈에 들어온다.

2022년 큰딸의 고등학교 마지막 날이었다. 졸업이 서운해서가 아니라 매일 만나던 친구와의 이별이 슬퍼 많이 울었다고 한다. 딸의 심경을 바라보는 엄마의 자랑스럽고, 대견하고, 애틋한 맘이 담겨있다.

2023년 그날은 토요일이라 매주 하는 새벽 달리기를 하고 팀원들과 스시집에서 점심을 먹었다. 오후엔 영화 〈퍼스트 카우(First Cow)〉를 보고 순수하고 애잔한 두 남자의 이야기에 가슴 저몄다는 기록이 있고, 드디어 기록한 지 1년이 지나 그 전해의 내용을 볼 수 있게 된 감회가 적혀있다. 그리고 그날 저녁에는 이미 대학생이 된 큰딸과 '1년 전 그날 고등학교 마지막 날에 울었던 기억이 나? 벌써 1년이나 됐네.' 하며 한참 통화했다.

3년째인 2024년엔 메모리얼 데이 할러데이이여서 가족들과 식사하고 빈둥거리며 쉬다 황정은의 『백의 그림자』를 읽었고, 원래도 좋아했지만, 황정은 찐 팬이 되어 소장하고 있지 않은 그녀의 다른 소설들을 다 주문했다.

그리고 4년째인 올해는 새로운 직장에 들어간 지 2주 정도밖에 되지 않은 때라 새 직장 분위기와 직원들의 이런저런 얘기가 쓰여있다.

이렇게 아무 데나 한 페이지 펼쳐보면 어느 하루 4년의 인생이 훤히 보인다. 한 페이지에 5년을 담아야 하니 각각의 해에 할당된 공간은 고작 네 줄 정도이다. 긴 긴 서사는 쓸 수 없다. 하고 싶은 얘기가 너무 많은 날에는 따로 포스트잇에 연달아 쓴 후 붙여 놓기도 하지만 나는 주로 매일이 똑같은 일상에서 '어제와 달랐던 단 한 가지'를 찾아보려 애쓴다. 내가 한 일, 머릿속에 스친 생각, 누군가의 말, 출퇴근 때 본 하늘의 색깔, 혹은 오늘을 특별하게 만든 어떤 순간.

이런 습관은 일부러 '성실하게 살아야지.' 하며 굳이 애쓰지 않아도 하루를 허투루 보내지 않게 된다. 작은 일에도 의미를 찾고 귀를 기울이게 된다. 주변의 사물, 풍경을 주의 깊게 보게 되고 날씨의 변화에도 민감해진다. 나이 들수록 무감각해지고 둔해지는 오감을 일깨워준다. 이

낯선 도시에서, 내게 물었다

것은 '일기 쓰기' 혹은 '글쓰기'가 나에게 주는 큰 기쁨이다. 무엇보다 내 삶, 내 내면의 어떤 깊은 부분을 응시하는 시선을 갖게 된다.

내가 되고 싶은 나, 타인에게 보여지는 나, 심리학에서 자아-에고(Ego)라고 한다. 그리고 내 속 깊은 곳에 자리 잡고 꿈틀거리는 참 나, 자기-셀프(Self). 나의 에고와 셀프의 간격은 달과 지구만큼이나 멀다. 어려서부터 이 차이를 감당하지 못하고 셀프를 에고에 끼워 맞추려 애쓰며 몸부림쳤지만 좀처럼 좁혀지지 않는 간격에 늘 좌절했다. 짧지만 매일 자신을 성찰하며 쓰는 일은 셀프의 힘을 키워준다. 셀프와 화해하고 악수하며 타협하는 일이다. 나를 똑바로 직시하고, 있는 그대로를 받아들일 줄 알게 된다. 그래도 괜찮다고 다독여 줄 수도 있다. 나에 대한 애정이 조금씩 싹트는 것이다.

매일 기록을 하고 그 세월을 한눈에 돌아보면 깨달아지는 게 하나 더 있다.

모든 것은 변하고 영원한 것은 없다.

나도 변한다.

굳이 고사성어 '제행무상'이라든가, 그리스 철학자 헤라클레이토스가 했다는 '같은 강물에 두 번 발을 담글 수 없다.'라는 말을 떠올리지 않아도 내 두 눈에 훤히 보인다. 영원한 것은 아무것도 없고 모든 것은 변하고 사라진다는 이 오래된 철학이 몸소 이해되는 것이다. 매일 쓰인 내 이야기가 출렁거리며 어디론가 흘러간다. 똑같은 이야기가 반복되는 일이 없다. 하는 행위는 같을 수 있어도 내용은 제각각 다 다르다.

우리는 마치 매일 눈 뜨고 일어나는 아침이 영원히 계속되리라 착각하며 잠에 들고, 나의 젊음이, 건강이, 반복되는 일상이 영원하리라 스스로를 기만하고 산다. 모든 것이 사라지고 아무것도 고정되어 있지 않음을 뼛속까지 깨달을 수 있다면, 이 사실을 매일 자각할 수 있다면 세상에 대해 겸손해지며 견디는 일이 쉬워진다.

조그만 일에 호들갑 떨며 일희일비하지 않고 평정심을 유지할 수 있다. 업이 있으면 다운이 있고 다운도 업도 오래가지 않는다. 좋은 일이 있어도 너무 흥분할 것도 아니고, 나쁜 일도 전화위복 되는 일이 허다하다. 이 깨달음이 바로 명상이며 도에 이르는 길이 아니겠는가.

한 치의 앞도 알 수 없는 인생에서 우리가 통제할 수 있는 일은 극히 적다. 아무리 노력해도 안 되는 건 안 된다. 열심히 산다고 다 성공하는 것도 아니다. 내가 할 수 있는 일 한 가지는 하루하루 성실히, 작은 기쁨을 찾아 짜릿함을 즐기고 감사할 것. 그러면 죽음도 두려워하지 않고 기꺼이 받아들이리라. 매일 쓰는 일은 이렇듯 일상에 묻혀 잊고 지나치기 쉬운 것들을 일깨워준다.

지금, 여기, 이 순간을 소중히 여기라고.

3
달리는 시간, 나를 놓아준다

토요일 새벽 5시 반, 바닷가를 달린다. 아직 바다는 깊은 어둠 속에 잠겨 쏴아~ 철석! 하는 파도 소리만 들릴 뿐 시커멓다. 조금 있으면 저 멀리 수평선 위로 희미한 노오란 빛이 스며들 듯 떠오르기 시작할 것이다.

그때쯤이면 서퍼들이 하나둘 웻수트를 입고 나타난다. 놀랍게도 대부분이 나이 지긋해 보이는 중년 혹은 노년 서퍼들이다. 아마도 평생 보드를 잡고 바다에서 사신 분들이리라. 딱 봐도 자유로운 영혼들처럼 보인다.

큰소리로 "굿모닝!"이라 외치며 옆을 지나친다. 조금 더 밝아지면 자전거 타는 사람들, 손을 잡고 느릿느릿 걸어오는 연인들, 해돋이를 보러 커피를 들고 오는 사람들, 점점 더 많은 사람이 해변으로 모여들고 나처럼 달리는 사람도 많아진다.

해가 막 모습을 드러낼 듯 바다 위에 은은히 번질 때, 출렁이는 바다를 바라보며 천천히 달리고 있으면 가슴이 벅차오른다. 설레어서. 이런 광경을 평생에 몇 번이나 더 볼 수 있을 것인가. 내가 달리기하지 않았다면 이런 순간을 맞이할 수 없었을 것이다. 이 세상 그 무엇이 나를 토요일 새벽 네 시에 깨워 바깥으로 나오게 할 수 있단 말인가.

새벽 바다를 뛰는 일은 이렇듯 짜릿하다. 차로 달려도 꽤 먼 거리를 두 시간 반 정도 달리고 나면 나도 자유로운 영혼들 틈에 끼는 느낌이 든다. 달리기하길 잘했다는 생각이 들고 스스로가 뿌듯해지는 순간이다.

달리기를 시작한 지 3년 됐다. 주말 새벽엔 2~3시간씩 달리고 주중에도 사흘은 달리려고 노력한다. 이제 달리기는 내 삶의 일부가 되어, 밥 먹듯이, 잠자듯이, 늘 하는 루틴으로 자리 잡았다. 실력은 그동안 쏟아 온 노력에 비해 형편없다. 하지만 나는 '달린다'라는 것만으로도 기적인 사람이다. 독서는 내가 좋아서 하는 일이니 굳이 습관이 아니어도 시간을 어떻게든 내서 한다. 그런데 달리기라니… 내 평생에 꿈조차 꿔보지 못했던 일이다.

예전에 나를 아는 사람들은 내가 달리기한다고 하면 화들짝 놀란다. 귀신이라도 본 듯한 표정으로 믿기 어려워한다. 사실 나 역시 그랬다. 늦은 출산 후 살 빼려고 한 운동이 걷기뿐이다. 할 줄 아는 운동이 없기 때문이다. 그래도 트레드밀에서 빨리 걷기를 오랫동안, 꾸준히 했다.

　　　　　　　　　　　　낯선 도시에서, 내게 물었다

어려서부터 운동을 못했다. 몸이 약골이거나 허약한 체질은 전혀 아닌데 지지리 몸치다. 생긴 건 빼빼 말라 아주 날렵하고 운동장을 날아다닐 것같이 보인다(고 친구들이 입을 모아 얘기하곤 했다). 그런데 운동신경이라곤 눈곱만큼도 없다. 뭘 해도 꼴찌다. 툭하면 넘어지고, 친구들과 놀 때는 깍두기 아니면 끼워주지도 않았다. 나도 별로 나가 놀고 싶지도 않았다. 창피하기도 하고 재미가 없으니 점점 운동과 멀어졌다.

겁도 많다. 공이 날아오면 쫄아들고, 물속에서는 금세 가라앉을 것 같아 수영도 못 한다. 속도가 무서워 자전거도, 스키도, 심지어 미끄럼틀도 못 탄다. 운동뿐만 아니라 길치라 낯선 곳에서 길을 잃을까 봐 혼자 여행도 못 한다. 거기다 동물 공포증까지 있어서, 강아지나 고양이조차 무서워 공원은 물론 동네 산책도 선뜻 나서지 못한다.

이쯤이면 누가 봐도 완벽한 '인도어(indoor) 체질'이 아닌가. 그러니 내가 집안이나 카페에 가만히 앉아 책 읽는 걸 좋아하는 건 지극히 자연스럽고 당연한 일인지 모른다.

그런 내가 지금은 로드 러닝을 즐긴다. 나도 믿기 힘들지만 사실이다. 달리기를 시작하게 된 게, 우연을 가장한 '운명'이라 생각하는 것도 무리는 아니다. 달리기는 운동선수들이나 하는 줄 알았지 그냥 평범한 사람도 아니고 내가? 동네 마라톤 클럽에 스스로 들어갈 생각을 한 게 미스터리가 아닐 수 없다.

처음부터 막 달린 건 아니고 1분 뛰고 1분 걷기부터 시작했다. 조금씩 뛰는 시간을 늘리고 천천히 뛰다 보니 30분 이상, 쉬지 않고 달릴 수 있게 됐다. 처음에 달리는 내 모습이 하도 신기해서 〈세상에 이런 일이〉라도 찍어야 하나 싶었다. '나도 달린다'라는 뿌듯함에 가슴 벅차 더 열심히 뛰었다. 그동안 하프 마라톤 7회, 올해 초엔 드디어 풀 마라톤에 도전해 완주했다.

세 번째 하프 마라톤을 뛸 때 처음으로 걷지 않고 달려서 완주하는 걸 시도해 보았다. 순전히 무라카미 하루키의 문장 때문이었다. 러너들의 바이블이라고 하는 『달리기를 말할 때 내가 하고 싶은 이야기』를 나는 달리기를 하리라는 상상도 못 하던 시절에 읽었다.

"적어도 최후까지 걷지는 않았다."라고 얼마나 강조하는지 궁금하다, 대단하다, 부럽다는 생각만 했다.

힘들어서 이대로 계속 가면 죽겠다 싶을 때까지만 가려고 했는데 죽겠다, 죽겠다, 하면서도 완주를 한 거 보면 극한의 한계까지 간 건 아닌가 보았다.

하루키는 "75km 근처에서 뭔가가 쓱 하고 빠져나갔다. …… 마치 돌벽을 빠져나가는 것처럼 저쪽으로 몸이 통과해 버렸던" 감각이 있었다고 했다. 21km 하프 마라톤으로 그 감각을 느껴 보기를 바란 것은 어림도 없는 일이었지만, 그날 나도 '최후까지 걷지는 않았다'.

     낯선 도시에서, 내게 물었다

새벽의 공기를 가르며, 평소에는 차로만 스쳐 지나던 길 위를, 혹은 걸어서 갈 일이 없었던 트레일을 내 발로 딛고 한 발 두 발 나아가는 동안, 내 속에서 어떤 변화가 서서히 싹트고 있었다. 달리기로 몸이 건강해진 건 두말할 필요도 없다. 그보다 큰 변화는 마음에 있었다. 마음 다스리기가 가능해졌다.

명상하는 사람들이 얘기하는 '마인드풀니스(mindfulness)'가 저절로 된다. 타닥타닥 땅에 닿는 운동화 소리 들으며 한참을 아무 생각 없이 뛰다 보면 기분이 맑아지고 차분해진다. 모든 근심 걱정이 사라진다. 그저 편안한 상태가 된다.

이것은 걷기만 할 때는 느낄 수 없는 달리기의 매력이다. 중독성이 강해서 한 번 맛을 보면 멈출 수 없다. 그런 면에서 '달리기'와 '쓰기'는 닮았다. 둘 다 돈 안 드는 테라피다. 정좌하고 앉아서 마음 챙김을 하려고 굳이 애쓰지 않아도 저절로 이루어진다.

1년에 몇 번씩 마라톤을 뛰어도 좋고 기록을 내어 세계 7대 마라톤에 도전하는 것도 좋겠지만 나는 기록이나 대회에 크게 욕심이 없다. 나의 달리기는 그저 한두 시간, 숨이 약간 차오를 정도로 천천히, 마음이 고요해질 때까지 달리는 것이다.

달리면서 일상에서는 그냥 지나치기 쉬운 하늘과 구름과 바다, 나무, 내 곁을 스치는 바람을 느끼고 눈에 담고 싶다. 그러면서 살아있음에 감사하고 감탄하고 싶다. 오래오래 다리가 힘을 잃지 않고, 폐와 심장이 튼튼히 버텨주길 바란다. 살아있는 동안은 계속 달려야 하니까.

　나는 내가 무언가를 꾸준히 할 수 있는 사람이라고 생각지도 못했다. 특히 가장 취약하고 하기 싫어하는 운동을 말이다. 곰곰이 생각해 보니 특별히 무언가를 한다는 생각 없이 매일 습관처럼 그냥 하다 보니 어느새 '끈기'도 생기고 나의 사고, 생활, 삶 자체가 변화한 것이다.

　그러니까 지금의 나를 만든 것은 내가 좋아하는 것을 꾸준히 이어온 작은 습관들이었다. 읽기, 쓰기, 달리기 덕분에 나는 지금의 나로 서 있다. 내가 좋아하는 일로 삶의 즐거움을 찾고 하루하루 성실히, 지금에 만족하는 삶을 산다면 나이 드는 일도 겁나지 않고 죽는 일조차도 두렵지 않으리라.

　지금, 이 순간이 딱 좋다!

　　　　　　　　　　　낯선 도시에서, 내게 물었다

구수임

"나는 어떤 할머니가 될까?"

미국 뉴욕-뉴저지 거주 30년 차
화가

오랜 세월 일기에 쌓아 온 숨결을 더듬었다. 철없고 꿈 많던 시절부터 이민의 낯설고 외로운 날들까지, 그 안에 스며 있던 희망과 사랑, 때때로 밀려오던 절망의 결을 추상 풍경으로 길어 올린다. 머리가 희끗해진 지금에야 비로소 많은 것을 깨닫는다. 매일 아침 눈을 뜨게 하는 '오늘'이라는 시간이야말로 삶이 가져다준 가장 고귀한 선물이란 것도 깨닫는다. 세상의 어려움과 마주할 쌍둥이 손자들에게 작은 온기와 너그러움을 남기고 싶어 그림을 짓고 글을 새긴다. 다시는 돌아오지 않을 삶의 조각들에게 조용히 숨을 불어 넣으며, 하늘 아래 흩어진 기억들을 한데 모으려 한다. 오늘도 느린 호흡으로 또 한 겹의 기억을 쌓아가는 나는, 명랑한 쌍둥이 할머니이다.

Q1. **이민자로서, 또 예술가로서 수많은 선택의 순간, '나'를 지키기 위해 가장 중요하게 여긴 것은 무엇인가요?**

삶은 늘 예기치 않게 흔들리지만, 그때마다 저를 다시 일으켜 세운 것은 제 안의 나침반이었습니다. 저에게 그 나침반은 가족입니다. 이민자로 살아오며 수많은 선택의 순간 앞에서 길을 잃을 때도 있었지만, 가족은 언제나 저에게 방향을 알려주는 기준이 되어주었습니다. 서로를 바라보며 버텨온 시간 속에서 가족의 존재는 삶의 중심이자 흔들림 속에서도 끝까지 저를 지켜준 가장 큰 힘이었습니다.

Q2. **45세에 미국 대학 미술학과에 입학하셨다고 들었습니다. 그때의 결정은 쉽지 않았을 것 같아요. '지금에서야 할 수 있었던 용기'는 어디에서 비롯된 걸까요?**

45세에 미술 대학에 입학하는 결정은 정말 어려웠습니다. 하지만 예술에 대한 호기심과, 무엇보다 그해 대학에 입학하는 아들에게 '말'이 아닌 '실천'으로 응원을 전하고 싶었던 마음이 큰 용기가 되었습니다. 서툰 영어로도 포기하지 않고 도전하는 엄마의 모습을 통해, 아들에게 어떤 상황에서도 끝까지 해낼 수 있다는 믿음을 주고 싶었습니다.

Q3. **미국에서의 대학 생활은 외로움, 차별, 그리고 끊임없는 시험의 연속이었다고요. 그 시절, 당신을 가장 단단하게 만든 순간은 언제였나요?**

가장 단단해진 순간은 교묘한 인종차별 속에서 억울함과 무력감을 마주했을 때였습니다. 하지만 즉각 저항할 수 없는 현실에 좌절하기보다, 저는 '왜'라는 질문을 던지며 밀려드는 감정을 객관화하려 노력했습니다. 이민자들이 겪어야 하는 차별을 사유의 기회로 삼아 적응해 온 여러 경험들이, 결국 어떤 풍파에도 흔들리지 않는 지금의 저를 만드는 원동력이 된 거죠.

Q4. **그림으로 지난 시간을 추상 풍경으로 옮기는 당신에게, 예술은 어떤 치유의 언어이며 지금의 작품에 담아 전하고 싶은 삶의 메시지는 무엇인가요?**

제게 예술은 치유를 넘어선 '성찰의 언어'입니다. 종이를 겹겹이 쌓아 추상 풍경을 만드는 과정은, 켜켜이 쌓인 지난 감정들을 마주하고 비워내는 시간입니다. 그 속에서 고통과 기쁨 모두가 삶을 구성하는 소중한 조각임을 깨닫습니다. 제 작품이 관객들에게 삶의 모든 순간을 긍정할 수 있는 평온한 위로와 성찰의 통로가 되기를 바랍니다.

Q5. **지금의 당신에게 '나다운 삶'이란 어떤 의미인가요?**

저에게 '나다운 삶'은 삶을 사랑하는 열정에서 비롯된 진정한 명랑함을 실천하는 것입니다. 하루하루의 이야기를 쌓으며 영혼의 성숙을 바라봅니다. 아이처럼 장난도 치고, 소중한 것들은 아끼며 살아갑니다. 내 존재만으로 주변을 따뜻하게 하고, 사랑과 함께하는 명랑한 사람이 되는 것이 바로 제 삶의 의미입니다.

1
'왜'에서 시작된 삶의 근육 운동

'왜'라는 질문은 단순한 궁금증이 아니었다. 내게 '왜'는 세상을 이해하려는 지적 근육 운동이었다. 삶의 대부분의 시간을 '네.'라는 대답과 함께 순종적으로 살았던 나에게, 그 '왜'라는 질문은 내가 새로운 세상을 경험하게 했다. 그뿐만 아니라 '네.'라는 대답 외에도 내 안에 있던 또 다른 목소리를 낼 수 있는 자신감을 안겨주었다.

한국에서 박물관이라면 학교 소풍 때 국립현대미술관에 한 번 가본 것이 전부였다. 그런 나에게 한국에서 온 친척들 덕분에 뉴욕의 거대한 메트로폴리탄 박물관에 갈 기회가 생겼다. 그 박물관을 하루에 다 보겠다는 천진한 친척들을 앞으로 보낸 뒤 한 그림 앞에서 발을 멈췄다.

로사 보뇌르의 '말 시장(The Horse Fair)'이라는 명화!

그 그림 앞에서 눈이 휘둥그레졌다. 말들의 엄청난 힘과 근육의 생동감은 다른 나라에서 불안과 두려움 속에서 생활하는 나의 주먹을 불끈

쥐게 했다. 거친 숨을 몰아쉬며 달리고 싶어 하는 말들의 눈빛은 그림 속을 뚫고 나올 듯 생생했다. 두려움에 눌리지 않고 자유롭게 달리겠다는 말들의 모습에서 내 깊은 마음에 있던 그 어떤 것이 솟아 나와 나도 모르게 손끝에 힘이 들어갔다.

더욱이 그 그림을 그린 사람이 '여성'이라는 사실은 남성 중심의 생활을 해온 내 가슴을 두드렸다. 앞서가던 친척들이 길을 잃어 나를 찾든 말든, 머릿속을 꽉 채운 질문들 때문에 나 역시 길을 잃었던 기억이 난다. "이런 것들을 예술이라고 한다던데, 사람들은 왜 예술을 하는 걸까?" 낯선 세계를 향한 질문이 내 마음을 떠나지 않았다. 그리고 내 가슴이 왜 두근거렸는지에 대한 궁금증도 쉽게 사라지지 않았다. 그 순간부터 세상과 나 자신을 이해하려는 '왜'를 향한 나의 지적 근육이 움직였다.

근육의 훈련을 위해 미국 뉴욕주립대학 퍼체이스 칼리지(SUNY Purchase College) 미술학과에 입학했다. 어떤 이들은 "지금요? 그림 배우러 그 나이에? 아들 또래인 아이들과 뭔 공부를 하겠다고…" 하며 애써 말리기도 했다. 또 다른 이들은 점잖게 비아냥거리며 말했다. "영어를 완벽하게 해도 어려운 대학인데… 왜 사서 고생을 할까?", "한국에서 대학에 다니지 않았다고 한풀이를 하나?"

남편은 "그림을 돈 주고 대학에서 배운다고? 그림은 그냥 보고 그리면 되는 거 아니야?"라며, 하루 12시간 넘게 일하면서 공부까지 하겠다는 나

　　　　　　　　　낯선 도시에서, 내게 물었다

의 무모한 시도에 내가 합격할 것이라 기대하지 않았다.

사실 나 역시 희망만 가졌을 뿐 합격의 확신이 없었기 때문에 막상 합격하고 보니 두려운 마음에 밤을 설쳤다. 무엇보다도 영어가 완벽하지 않은데 과연 해낼 수 있을까 하는 염려 때문에 등록 일정이 다가올 때까지 망설이기도 했다. 하지만 일을 하면서도 밤마다 포트폴리오를 준비하던 설렘과 노력의 시간을 허망하게 흩어버릴 수는 없었다. 더욱이 집안 사정 때문에 한국에서 놓쳐야 했던 '배움'에 대한 미련 또한 쉽게 떨쳐버리지 못했다. 하늘이 배울 기회를 준 것이라는 믿음과, 그 어려움들을 헤쳐 나갈 또 다른 나에 대한 기대는 주위에서 말하는 막연하고 아직 닥치지 않은 두려움을 걷어냈다. 그렇게 기대와 두려움을 안은 채, 마흔 다섯의 나는 근육 훈련의 시작선 앞에 섰다.

훈련은 처음부터 혹독했다. ESL 수업과 한국에서 배운 영어 실력으로 미국 대학 수업을 듣는 건 설명서 없이 고난도 레고를 조립하는 기분이었다. 어려울 것이라 예상은 했지만 현실의 무게는 너무 무거웠다.

미술 대학은 그림만 그리면 되는 줄 알았다. 밤을 새워 준비해 간 작품들을 학과 교수는 거들떠보지도 않았다. 무엇이 잘못되었느냐고 물으면 "그냥 보고 그린 그림일 뿐 네가 들어가 있지 않아…"라는 알쏭달쏭한 답변을 해서 당황한 적도 여러 번 있었다. 그것은 작품에 개성이 없다는 뜻이었고, 그 의미를 이해하기까지 적지 않은 시간이 필요했다.

토론을 해야 하는 수업 시간은 또 다른 훈련의 불안한 시간이었다. 학생들이 손을 들고 이야기하는 동안 한마디도 못 하고 유령 학생처럼 앉아 있어야 했다. 그렇게 머물 수만은 없었다. 스스로에게 무조건 세 번 손을 들고 말하겠다는 원칙을 세웠다. 문법이 틀릴까 두려웠지만, 침묵 속에 숨는 것보다 서툴게라도 나를 드러내는 편이 옳다고 믿었다.

더듬거리는 영어를 내뱉고 얼굴이 붉어질 때도 있었지만, 수업이 끝나면 나를 다독이며 다음 발언을 준비했다. 학생들의 무심한 시선과 교수의 표정을 떠올리며 긴장했지만, 매번 조금씩 자신감을 쌓아가는 나를 느낄 수 있었다.

시험이 다가오면 집 안은 포스트잇 왕국이 됐다. 부엌, 화장실, 심지어 빨래방까지 메모지를 덕지덕지 붙여 놓았다. 밤마다 포스트잇에 외워야 할 단어와 그림 아이디어를 적어 놓으니 벽 전체가 나만의 작은 지도처럼 변해갔다. 한 번은 운전대 위에도 붙였다가 옆 차선을 못 보고 사고가 날 뻔했다.

낙제를 면하려면 '외워야 산다'라는 생존 신념 하나로 밤을 새워 시험공부를 했다. 하루 12시간씩 일해도 별일 없었던 내가 결국 코피를 흘렸다. 공부 때문인지, 스트레스 때문인지 구분할 수 없었다. 둘 다였을 것이다. 하루하루의 강도 높은 근육 운동이 코피까지 나오게 할 줄은 몰랐지만, 시간이 지날수록 내 안에 단단한 것이 쌓여가는 것도 볼 수 있었다.

　　　　　　　　　　　　　　　낯선 도시에서, 내게 물었다

교수의 말을 잘못 알아들어서 엉뚱한 숙제를 하거나 준비물을 잊을 때도 자주 있었다. 하지만 정작 나를 울게 한 것은 인종차별이었다. 인종차별은 미국에서 어떤 옷을 입든 옷에 달고 다녀야 하는 액세서리 같았다. 대학의 강의실이라고 예외는 아니었다.

한 교수가 나에게 "영어 읽을 줄 아느냐?"라고 점잖게 물었다. 그 교수의 말투는 아주 가볍고 쉬운 말이었는데 내 가슴을 누르는 돌이었다. 적어도 모든 자격과 입학 인터뷰를 통과해 그들이 직접 합격시킨 학생에게 할 말은 아니었다.

순간 "네, 교수님, 당신의 무례함도 읽을 줄 압니다."라고 말하고 싶었다. 그러나 영어로 교수와 맞서 싸울 만큼의 용기와 실력은 내게 없었다. 내가 할 수 있는 말은 조용히 "Yes."라는 대답뿐이었다. 그 교수는 내가 교과서를 다 읽을 때까지 내 옆을 지키고 있었다. 교과서를 다 읽는 동안 억눌린 가슴을 눌러가며 목소리가 흔들리지 않도록 애를 쓴 내 모습이 스스로 안쓰러웠다.

졸업 작품을 위한 지도교수는 이미 정원이 찼다며 난처하게 웃으며 거절했다. 하지만 얼마 후 백인 학생은 받아줬다는 소식을 알게 되었다.

집에 돌아오는 차 안에서 가슴에 응어리 같은 것이 꽉 차올라 라디오를 끄고 앞만 보며 운전했다. 내 눈에서도 뭔가 뻑뻑하게 차올랐다. 결국 흐르는 눈물을 참지 못했다. 분한 마음이 아닌, 외로움의 눈물이었다. 가족들에게 보이지 않으려고 집 앞에서는 눈물을 닦았다.

돌이켜보면 그 눈물의 시간들은 세상과 마주하는 나의 내적 근육에 한 겹을 더해주어, 나를 더 단단하게 해준 시간들이었다. 그리고 나를 더 오래 버틸 수 있는 사람으로 만들었다.

미국 대학에서의 지적 근육 운동은 남의 나라에서 새 삶을 위해 고군분투하며 사는 나의 인내심을 바닥까지 드러내게 했다. 사실 지식이 뭐 대단하겠는가. 시간이 가면 머릿속의 지식은 모두 지워지고 지성이 없는 지식은 오히려 냉혹한 인간으로 만들어질 수 있다. 그럼에도 불구하고, 어둡고 거칠고 외로웠던 지적 근육 운동은 나에게 가치가 있었다. 이 모든 경험은 단순한 공부나 작품 제작이 아니라, 나 자신과 세상을 이해하는 길이었다.

'왜'라는 질문에서 시작된 훈련은 수많은 시행착오와 코피와 눈물로 얼룩졌고, 그 끝에서 나는 새로운 나를 만났다. 단순히 지식을 쌓는 내가 아니라, 낯선 땅에서 꿋꿋하게 버틸 수 있고 삶이 가져다주는 다양한 무게 속에서도 흔들리지 않는 강인한 나와 마주쳤다. 나를 넘어선 경험과 함께 강한 근육으로 꽉 차 있는 새로운 나와 마주치는 순간, 나는 이미 다른 사람이 되어 있었다.

그렇게 맞서온 시간 속에서 단단해진 나는 조심스레 새로운 삶의 문

　　　　　　　낯선 도시에서, 내게 물었다

을 열기 시작했다. 내 안에 숨겨진 목소리를 듣고 진정한 목소리를 낼 수 있는 새로운 삶! 마흔다섯 살 중년의 문턱에서 시작된 '왜'라는 지적 근육 운동으로 새롭게 단장한 나는, 지난 날의 흔적을 따라 오래 묻어둔 감정의 방을 다시 열었다. 조금씩 천천히 나를 이해하며 잃어버린 지난 날의 감수성을 되찾는 여정으로 옮겨 보기로 했다.

2
일기의 색, 내 마음의 풍경

'라디오에서 나오는 흐느끼는 바이올린 소리가 연보랏빛으로 다가왔다'.

첫 번째 개인 전시회에 아티스트 스테이트먼트 첫 문장을 이렇게 시작했다. 이 문장의 출처는 거창한 문학서가 아니라, 구석에 처박혀 있던 사춘기 때 써놓은 내 일기장에 있는 한 문장이다.

나는 오래된 일기장에 쓰여 있는 문장들을 추상 풍경의 이미지로 작업하는 콜라주 작가이다. 잊혔던 감정의 조각들은 색이 되고, 흐릿한 기억들이 형태를 이루며, 내면의 시간은 겹겹이 쌓여 새로운 세상의 풍경이 되는 작업을 한다.

내 일기장에는 지난 시절의 나를 가득 채운 다양한 감수성이 빼곡히 적혀 있었다. 어려서부터 그런 감정들은 드러내면 안 되는 줄 알고 살았다. 오랫동안 감정을 숨기며 살았던 나는 감정을 느낄 줄 모르는 사람인

　　　　　　　　낯선 도시에서, 내게 물었다

줄 알고 살아왔다. 그래서 일기장은 나의 숨겨진 감정의 피난처였다.

누군가가 일기는 어렵고 힘들 때 쓰는 것이라 했다. 내 일기장도 그랬다. 책장에 곱게 보관되기는커녕 햇빛도 잘 안 드는 구석에 처박혀 있던, 세상과 마주하기에는 아직 여리고 서툰 나와 닮았던 초라한 일기장이었다. 하지만 그 안에는 내 삶의 가장 솔직한 나의 이야기들이 담겨 있었다.

세상에 진심이었고 감수성이 많았던 한 소녀의 목소리가 고스란히 그 안에 남아있었다. 그중 한 페이지에는 이런 문장이 적혀 있었다. "오늘은 아무도 내 마음을 묻지 않아 다행이다. 누가 물었다면 금방 울음을 터트렸을 것 같다." 그 문장을 다시 읽는 순간, 오래전의 나를 마주 보듯 그냥 한참을 멍하니 멈춰 서 있었다.

감수성의 시작은 '사라짐의 공포'였다. 내 유년의 기억이 구석구석 배어 있던 종로가 재개발이라는 이름 아래 억센 불도저에 의해 허물어져 갈 때, 나는 동네뿐만 아니라 내 유년기도 사라질 것이라는 두려움에 잠을 설쳤다. 그 두려움 속에서 허술하게 시작된 글들이 종이 위에 쌓여, 결국 일기가 되었다.

공포영화를 상영하던 낡은 극장이 철거되던 날에는 "이제는 밤에 변소 갈 때 무서워하지 않아도 된다."라는 안도감을 기록했고, 공원 뒷길에서 우연히 마주친 남학생의 옆모습을 보고 심장이 혼자 북을 치던 날도 몰래 적어 넣었다.

동네 꼬맹이들과 함께 삼립빵을 훔쳐 먹었던 기억이 있는 구멍가게가 헐리던 모습을 적으면서, 죄책감도 슬쩍 끼워 넣었다. 그리고 그곳을 마지막으로 떠나던 날, 눈물 흘리며 몇 명 남아 있던 동네 사람들 손을 잡은 엄마의 모습도 담아두었다.

어느 것 하나 빠짐없이 일기장에 써넣는 것만이 내가 보고, 듣고, 경험한 것들을 사라지지 않고 보관할 수 있을 것 같았다. 일기장에는 내 안에서 일어났던 감정들이 저마다 숨을 죽인 채, 빛바랜 결 자국으로 스며들듯 저장되었다. 그렇게 쓰인 지난 일기장은 감정의 박물관이 되어 말없이 낡은 상자 속에 먼지와 함께 오랫동안 갇혀 있었다.

수십 년이 지난 뒤, 그 박물관의 문을 다시 열었다. 먼지를 걷어내고 다시 펼쳐본 일기장에는 내가 잊고 살았던 감정들이 고스란히 남아 있었다. 무채색으로 눌려 있던 소녀 시절의 서툰 감정들이 페이지를 넘기는 순간 내 가슴을 흔들었다. 세월이라는 숙성을 거쳐 각기 다른 색으로 번진 감정들은 온몸으로 퍼졌다.

그 순간, 마치 그때 그 감정의 시간 속으로 다시 빨려 들어간 듯 전율과 눈물이 한꺼번에 쏟아져 나왔다. 나의 잃어버린 감수성을 온전히 다시 찾는 영적인 순간이었다.

이미 많이 빛바래서 고즈넉한 색들로 변한 그 감정들, 내 마음 깊은

　　　　　　　　낯선 도시에서, 내게 물었다

곳에 묻혀 있던 기억들에게 다시 색을 입혀주고 싶었다. 그 문들을 하나씩 열어, 오래 닫혀 있던 감정이 다시 흘러나오게 하고 싶었다. 일기장에 써진 언어의 감정을 넘어 시각의 감수성으로 펼쳐지기를 바랐다.

언어로는 다 담지 못한 떨림을 색과 이미지로 세상에 꺼내고 싶었다. 그렇게, 일기 속 흐릿해진 글자들은 내 손끝에서 다양한 색의 조각들로 다시 깨어나, 새로운 형상으로 숨을 얻기 시작했다.

언어가 이미지로 전환되는 순간들이었다. 종이를 자르고 붙이는 행위는 기억을 다루는 일과 닮아 있었다. 한 번 붙인 조각을 다시 떼어내기도 하고, 의도하지 않은 색이 스며들어도 그대로 남겨두기도 했다. 어떤 감정은 또렷하게 남았고, 어떤 기억은 찢긴 채 가장자리에서 겨우 형태를 유지했다.

그것은 단순히 근육의 힘을 보여주는 행위가 아니라, 새로워진 내가 지난날의 나를 잃지 않기 위한 복원 작업이었다. 잃어버린 내 목소리를 다시 꺼내어, 나의 언어와 나의 색으로 세상 앞에 내보일 수 있게 된 것이다.

아무리 단단해진 근육으로 새로워진 나였지만, 내 삶의 철없고 서툴렀던 생생한 감정들과 다시 마주치는 것이 쉽지는 않았다. 특히 힘들고 고통스러웠던 순간들과 다시 마주쳐야 할 때는 세월의 숙성을 견딘 단단함도 흔들렸다.

하지만 내 일기 문장 속에 있던 감정들이 제각기 색을 입고 이미지로 바뀌었을 때는 그저 좋기만 했다. 퇴색된 감정들에게 다시 색을 입혀 가는 동안, 나는 철이 들었고 비로소 진짜 어른이 되었다. 내 단단해진 근육에 영적인 영양분이 채워지는 경험이었다.

지난 추억들을 추상의 형상으로 작업하는 과정은, 마치 가라앉아 있던 감정들을 마음의 호수 위에 어른거리는 모습으로 꺼내는, 젠(Zen)의 과정이었다. 그 호수 위에 어른거리는 지난날의 감정들이 내 삶의 기쁨이든 애환이든 고통이든, 그것들은 모두 내 삶의 너무나도 귀한 시간이었다는 것을 깨달아갔다.

그리고 또 깨달았다. 이제는 그런 것들을 구석에 숨겨 빛바래도록 두지 않고 처음 가졌던 선명한 색 그대로 보여줘도 괜찮다는 것을. 우리들의 감수성은 특별한 사람의 능력이 아니고, 누구나 회복할 수 있는 우리 인간이 본래 지닌 감각이다.

내 안에 있는 본래의 감각들이 색을 입었을 때, 성숙해진 나는 비로소 내 삶을 다시 바라볼 수 있게 되었다. 어쩌면 이제 내 삶은 완성된 작품이라기보다, 천천히 완성되어 가는 과정일지도 모른다.

싸구려 공책에 적혀 있던 내 삶의 이야기들, 함께 해준 위로의 순간들, 나를 진짜 어른으로 만들어준 수많은 색깔의 애가, 그리고 나를 그림쟁이로 만들어준 내 속에 또 다른 나까지, 그 모든 나를 사랑한다.

     낯선 도시에서, 내게 물었다

언젠가 손이 지금보다 느려지고, 색을 고르는 눈도 더 오래 머뭇거리게 될지 모른다. 그래도 괜찮다. 느린 손끝에서 나오는 색들은 더 깊어질 것이다. 더 늦기 전에, 깊어질 색을 널리 펼칠 용기를 내려 한다. 이제 단단한 근육에 영혼의 빛이 더해진 나는, 내 삶의 마스터피스(Masterpiece)인 명랑한 할머니의 삶을 어떻게 꾸밀지 생각하게 되었다.

3
내 삶을 마스터피스(Masterpiece)로

'할머니'라는 단어는 부르기만 해도 포근함과 온기를 함께 불러온다. 하지만 이제는 늙었다는 뜻을 슬며시 품고 있어서인지, 많은 할머니들은 그 호칭을 꺼린다. 그러나 나는 그 호칭이 좋다. 단순히 관계를 가리키는 호칭이기도 하지만, 세월의 무게를 이겨낸 이에게 주는 존칭이라 생각하기 때문이다.

어느 날, 누군가의 말이 내 마음에 각인되었다. "당신 안에는 슬픔이 있는 것 같아요." 그 말 이후로, 나는 명랑하게 살려고 노력했다. 정작 명랑하게 산다는 것이 무엇인지도 모르면서 괜히 마음에도 없는 허세를 부리며 헛웃음을 보였다.

그러나 시간이 지날수록 그 허세가 진심이 되고, 헛웃음은 함박웃음이 되기를 바랐다. 그래서 나는 일곱 가지 장식을 달아 내 삶에 진짜 웃음을 만들어 보기로 했다. 그 웃음은 남은 내 삶을 마스터피스로 만들어 줄 것이다.

　　　　　　　　　　　낯선 도시에서, 내게 물었다

할머니라는 이름과 함께 일곱 가지 장식을 걸치고, 나의 가장 젊은 오늘을 이야기로 채워 나가려 한다. 세월 앞에서 움츠러들지 않기 위한 그 첫 번째 장식은 진짜 웃음의 문을 열어 준 '깡'이다. 이제 그 장식을 시작으로, 나의 이야기를 천천히 이어가려 한다.

가슴에 '깡' 하나, 웃음 하나

어느 날 글의 첫 장을 열며, 나는 내 안의 얼룩진 상처들을 숨김없이 드러냈다. 씁쓸한 맛이 입안에 남았지만, 동시에 마음은 묘하게 가벼워졌다. 오래된 신발을 벗은 듯한 홀가분함, 그 변화는 내 가슴에 '깡'이라는 장식 덕분이었다.

그렇게 내 마음을 종이에 풀어놓고 나자, 세상이 내게 던지는 감정들 대부분은 이제 "그게 뭐 어쩌겠어?" 하며 함박웃음으로 스쳐 보낼 수 있다. 가슴에 있는 그 '깡'과 함께 남의 마음을 아프게 하지 않으면서 나만의 방식으로 살려고 한다. 그림이 어색하든, 글이 불완전하든, 그게 무엇이 중요한가. 중요한 건 내가 내 감정을 숨기지 않고 내 방식대로 세상을 진심으로 살아가고 있다는 사실이다.

내 가슴안에 작은 '깡' 하나로 함박웃음 하나를 동시에 만들어 내면, 세상은 묘하게 견딜 만해진다. 그 마음이 세상과 닿는 순간들을 색으로 빚어내게 해준 것은 '끼'였다.

작은 손에 '끼'를 끼고

진심과 함박웃음으로 세상과 마주치는 동안에도 여러 감정들이 얽히게 된다. 슬픔도 울음도 나타난다. 하지만 내 작은 손에 끼고 다니는 '끼'는 슬픔과 울음을 반짝이는 색으로 다시 영롱하게 만들 수 있다. 게다가 내 '끼'는 분노와 두려움도 후다닥 파랑새로 접어 보랏빛 하늘로 날려 보내기도 한다.

내 손에 껴 있는 '끼'를 어루만지면 새벽빛 그리움은 주황빛 노을 치마 속에 숨겨지며, 마음의 평온을 얻는 순간이 오기도 한다. 나는 때때로 그 '끼' 덕분에 어둠 속에서도 나만의 길을 더듬어 찾고, 흩어지는 마음을 다시 한곳에 모을 힘을 얻는다. 엄마에 대한 그리움이 나를 감싸면 그 '끼'와 함께 엄마의 가슴 속을 더듬는다.

세상은 여전히 어렵고 힘들지만, 그 '끼'는 희망의 일곱 빛깔 무지개를 가져와 힘든 세상에서도 그 무지개와 함께 나의 하얀 마음을 간직하게 해준다.

눈빛에 걸쳐진 '꾼'

손에 '끼'를 끼웠음에도 불구하고, 세월이 지나 보니 세상을 바라보고 읽어 내는 기술이 필요하다고 느꼈다. 그래서 나는 '꾼'이라는 장식을 내 눈빛에 걸쳤다. 그 후 삶을 바라보는 눈매가 조금은 더 깊어지고, 사소한 풍경에도 이야기의 결을 볼 수 있게 되었다.

 낯선 도시에서, 내게 물었다

그 '꾼'은 내가 좋아하는 일을 오래 붙들 수 있는 인내심을 주기도 한다. 그뿐만 아니라, 마음이 상했을 때 스스로 회복하는 법도 알게 되어 하루를 좀 더 평안하게 살아가도록 안내해 준다. 완벽할 필요는 없다. 중요한 건 내 방식으로 해보는 일이다.

생각이 일렁이는 순간, 나는 연필을 종이비행기에 실어 마음의 하늘로 띄운다. 그러면 책갈피 속에 숨어 있던 삶의 그림자들이 파스텔 빛 색채로 물들어 되살아난다. 현실과 환상을 오가며 잃어버린 것을 다시 일으켜 세우는 일, 그것이 내 눈빛 속 '꾼'이 가르쳐준 그림이고 글이다. 이런 삶의 기술들을 늘 배우며 그 '꾼'의 눈빛이 오래도록 밝게 빛나게 하려 한다.

발끝의 장식한 '끈'

눈빛에 '꾼'이 밝게 빛나는 동안에도 때때로 마음을 어디에 두어야 할지 망설이게 된다. 그럴 때면 내 발끝에 장식된 '끈'은, 일상의 조용한 틈에서 점으로 시작되어 만난 이들과의 연결을 만든다.

잠시 머물다 가거나 스쳐 지나도, 그 흔적들이 모여 하나의 끈이 된다. 점으로 시작된 가느다란 끈들이 제자리를 찾아 조금씩 엮이기 시작할 때, 나는 위로를 얻는다. 그 위에서 다시 일상의 균형을 잡기도 한다. 때로는 팽팽하게 당겨 거리를 두고, 때로는 느슨하게 풀어 주며 숨을 고른다.

그러한 과정을 지나며 깨닫는다. 세상은 결국 수많은 점들이 끈이 되어 서로를 향해 가늘게 이어지는 곳이라는 사실을. 오늘도 내 발끝에 보이지 않는 작은 다리, 조용하고 맑은 '끈' 하나를 매단다.

머리 위에 '꾀'를 꽂고

발끝에서 시작된 연결은 결국 머리 위의 장식된 '꾀'와 만나 나를 조금 더 단단하게 만든다.

누군가의 그림을 들여다보고 글을 읽으면서 그 글과 그림 속에 숨어 있는 삶의 결을 더듬게 된다. 그러다 노트 한 귀퉁이에 컨닝하는 '꾀'를 부려보기도 한다. 남의 비법을 베끼는 것처럼 보여도, 실은 더 잘 살아내고 싶은 마음의 속삭임이다. 그 '꾀'로 인해 나는 돌아서는 길에도 온기가 있음을 배웠고, 한 걸음 물러서는 순간에도 품격이 있다는 것을 알았다. 마음이 다칠 때 살짝 비켜서는 법은 살아오며 익힌 내가 가장 잘하는 나만의 '꾀부림'이다.

화려하지 않지만 은근히 빛날 만큼의 장식처럼, 나는 그 '꾀'를 머리 위에 얹고 살아간다. 그동안 그 '꾀'로 글을 쓰고 그림을 그리는 이들이 발견해 낸 세상의 틈새를, 나는 많이 배웠다.

그리고 이제는 안다. 내 머리에 장식된 '꾀'는 세상의 무게를 피하려는 것이 아니라, 무게를 가볍게 바꿔 나를 지키는 조용한 지혜라는 것을. 그래서 이 '꾀'가 오래도록 내 머리 위에서 함께 하기를 바란다.

 낯선 도시에서, 내게 물었다

마음 얼굴에 새겨진 '꼴'

머리 위에 꽂힌 '꾀'가 나를 지켜주자 마음속 깊은 곳에 숨어 있던 내 얼굴, 내 안의 '꼴'도 서서히 드러나기 시작했다.

처음 일기장과 캔버스를 마주했을 때, 그것들은 마치 흐트러진 머리칼처럼 뒤엉켰었다. 감정과 생각은 또 다른 매듭이 되어 한숨으로 변했다. 그러나 시간이 흐르면서 그 어지럽고 무질서했던 감정들이, 마침내 '꼴'을 갖추어 내 마음의 얼굴에 나타나기 시작했다.

누구에게도 보여줄 수 없었던 내 마음의 얼굴에 새겨진 '꼴'은 그림을 짓고 글을 짓는 나의 표정을 처음으로 또렷하게 바라볼 수 있게 해 주었다. 이제 내 그림과 글은 삶을 꾸미는 장식이 아니라, 있는 그대로의 나를 드러내는 얼굴이 되었다. 예전엔 거울 앞에서 주름지고 흐려진 얼굴이 내심 부담스러웠지만, 이제는 마음의 '꼴'이 본래 모습 그대로 비쳐 보여 편안해졌다. 그 안에서 내 진짜 표정을 찾았고, 누구와도 바꾸고 싶지 않은 지금의 내 얼굴을 그대로 바라볼 용기가 생겼다.

온몸을 '꿈'으로 두루고

여러 가지 장식을 달고 나니 '꿈'이 생겼다. 내 삶 안에 순간의 감정들과 기억들을 종이와 캔버스에 옮겨 가다 보니까, 결국 그것들 모두가 '나'였다. 나의 지나온 삶의 조각들이 하나의 이야기로 모여들었다. 그 모여든 이야기들의 오래된 숨을 다시 편히 고르게 해주고 싶었다. 흐릿해진 기억들은 다채로운 색들의 선과 면을 따라 제 자리로 돌아오게 하고 싶은 '꿈'이 생겼다.

내 '꿈'은 멀리 있지 않다. 오늘의 마음을 기록하는 일, 어제의 마음에 색을 입히는 일, 이 과정에서 매일 다시 시작하려는 나를 발견하는 것이 '꿈'이다.

모든 것이 지나갔다고 생각하는 이 순간에도 온몸에서 작은 불씨처럼 깜빡이는 질문, "내일은 어떤 나로 살까?"라는 '꿈'을 가져본다.

내 삶은 깡으로 버티고, 끼로 빛나며, 꾼으로 살아가고, 끈으로 이어지고, 꾀로 배우며, 꼴로 완성된다. 결국 온몸으로 꿈꾸는 사랑의 여정 속에서 이미 내 삶은 이렇게 하나의 마스터피스가 되었다. 나는 이 일곱 가지 장식과 함께 오늘도 세 살배기 쌍둥이 손주들과 팔씨름을 하며 이 길 궁리를 하는 명랑한 할머니이다.

노년에 마스터피스가 된 삶을 사랑하는 할머니!

이보다 더 멋지고 사랑스러운 명랑한 할머니가 있을까?

　　　　　　　　　낯선 도시에서, 내게 물었다

이재희

"자연을 그리며, 비로소 내가 되다"

미국 엘에이 근교 거주 30년 차
순수미술작가

캘리포니아의 작은 시골 마을에서 자연에 물들어 그림을 그리고, 묵상 카드를 만들어 빛이 닿은 마음의 향기를 전하고 있다. 자연을 주제로 한 그림들로 얼마 전 개인전을 열었고 그림 앞에 머무는 이들과 마음의 쉼을 나누는 기쁨을 누린다. 그 시간들은 세상과 사람들의 관계로부터 마음의 자유를 얻어 가장 나다운 나를 마주하는 순간이 된다. 하늘빛과 햇살, 나무의 숨결 속에서 삶의 감사와 평온을 그려내며 오늘도 청명한 가을 하늘 아래, 찬란한 빛을 캔버스 위에 심으며 조용히 행복의 문을 연다.

Q1. **자연과 함께 그림을 그리는 삶을 살고 있는데, '나'를 지키기 위해 가장 중요하게 여긴 것은 무엇인가요?**

저는 고요한 나만의 시간을 통해 자아를 성찰하는 삶을 지키고자 애써왔어요. 세상의 속도와 기대 속에서 흔들릴 때마다, 자연 안에서 그림을 그리고 묵상 카드를 만드는 시간은 저를 다시 중심으로 데려다주었지요. 결국 제가 끝까지 붙잡은 것은 빛을 향한 내면의 중심, 그리고 그 중심을 밝혀준 가족과 하나님과의 동행이었습니다.

Q2. **낯선 캘리포니아에서의 삶 속에서, 다시 붓을 들고 예술로 자신을 일으켜 세운 힘은 무엇이었나요?**

"나는 여전히 나다."라는 작은 확신 때문이었어요. 그 확신은 기도와 묵상의 자리에서 자라났고, 다시 붓을 들 수 있는 힘을 얻게 했죠. 어느 순간 낯선 땅이 '새로운 나를 피워낼 토양'처럼 느껴지기 시작했습니다. 예술은 나를 가장 나답게 하는 나의 길이었고 그 길을 다시 찾게 되었죠.

Q3. **그림을 '나를 비추는 거울이자 치유의 언어'로 느끼게 한 결정적 순간은 언제였으며, 그 경험은 지금의 삶에 어떤 평온과 변화를 남겼나요?**

조용히 나무를 그리던 순간, 그림이 제 마음을 비추고 치유한다는 것을 깨달았어요. 자연의 결을 따라 마음이 풀리고 정리되면서, 치유는 거창한 것이 아니라 자연을 바라보며 느끼는 감동과 감사가 예술로 승화되는 과정임을 경험했죠. 그 이후 자연의 모든 아름다운 모습은 창조주의 사랑의 선물로 다가왔고, 그 평온함이 지금의 저를 지탱하고 있습니다.

Q4. **작품 앞에서 관람객의 눈물이 전해졌을 때, 예술이 사람과 사람을 잇는 '따뜻한 온도'를 어떻게 실감하셨나요?**

제가 느끼고 표현한 감정이 누군가의 마음에 그대로 닿는 모습을 보는 것은 예술가에게 주어지는 가장 큰 선물이에요. 어머니와의 추억을 회상하던 그 모습을 통해 예술이 사람과 사람을 이어주는 온도는 기교나 화려함이 아니라 '진심'이라는 걸 다시 확인했어요. 그 따뜻한 온도가 관계를 회복시키고, 서로를 다시 바라보게 만드는 힘이더라고요.

Q5. **지금의 당신에게 '나다운 삶'이란 어떤 의미인가요?**

저에게 '나다운 삶'이란 조급하지 않고 나를 소중히 여기되 겸손한 마음으로 오늘을 있는 그대로 받아들이는 삶이에요. 그래서 '담담하고 찬란한 하루'란 특별한 일이 없더라도 마음이 평안하고, 빛을 놓치지 않으며, 감사로 하루를 밝히는 날입니다. 앞으로의 시간은 따스한 빛의 색으로 채워가고 싶어요. 그 찬란한 빛으로요.

1
빛으로 물든 시간

캘리포니아 작은 마을, 로마린다. 대학병원을 중심으로 이루어진 이곳은 미국에서도 손꼽히는 블루 존인 장수마을로 알려져 있다. 오랜 세월의 흐름 속에서 한때 소박하고 고요하던 대학 중심의 마을은 어느새 세련된 도시의 모습으로 바뀌었지만, 여전히 집 뒤편의 산과 주변의 숲은 개발이 금지되어 있다. 자연을 존중하는 이들의 신념이 숨 쉬는 마을, 그 안에서 나는 오늘도 자연과 빛에 물들어 그림을 그리는 로컬아티스트로 마음의 이야기를 전하며 살아간다.

붓을 드는 순간, 나무들의 숨결과 햇살의 온기가 고요히 스며든다. 이 시간만큼은 세상과 나 사이의 경계가 사라지고 오롯이 '나'라는 존재에 집중하게 된다. 얼마 전, 자연을 주제로 한 'The Art Speaks To The Heart' 로 개인전을 열었다. 그림 앞에서 한참을 머무는 사람들의 눈빛 속에 나는 말없이 오고 가는 마음의 쉼을 느꼈다. 그 시간들은 내가 가장 나답게 머무는 순간, 세상의 소음에서 벗어나 내면의 평화를 그림으로 공유하는 시간이었다. 그리고 깨닫는 건, 내가 나를 이해해야 다른 이들의 마음도 이해할 수 있다는 것이다. 찬란한 햇살을 머금은 나무는 무엇이든 주기를 바라는 모습으로 그 고요하고 성숙한 아름다움을 사색하게 하고 캔버스 위에 심어진다.

그렇다. 그림은 나를 비추는 거울이다. 눈부시게 빛나던 날들, 안개처럼 희미하던 날들, 좌절과 극복 그리고 사랑과 용서를 마주하는 기도이자 치유와 회복의 언어이다. 삶의 여정 속 수많은 지점들이 이어져, 우리는 모두 지금의 나를 만난다. 빛이 내 안을 비추어 지나온 인생의 여정과 성찰의 시간들로 나를 더 깊고, 단단하며, 아름답게 빚어 간다. 기본 삼원색인 빨강, 노랑, 파랑의 조합이 무한한 색을 만들어 내듯, 각기 다른 삶의 지점들이 빚어내는 조화 속에 아름다움이 빛을 통해 드러난다. 그 빛을 마주하는 순간, 비로소 진정한 나를 발견한다.

나는 대학에서 시각디자인을 전공했다. '애플 1세대'라고나 할까, 컴퓨터를 좋아하지 않았지만 편집을 하고 광고 시안을 만들며 로고와 엠블렘을 디자인하는 디자이너로서 대기업 자동차 회사 디자인팀에서 사회의 첫발을 내디뎠다. 그 무렵에 결혼을 하며 삶의 방향은 예상보다 빠르게 커리어 우먼에서 철부지 주부로 바뀌어지고 어느새 두 아들의 엄마가 되었다. 그로부터 어느덧 30여 년, 젊은 날의 분주함은 잔잔한 호수처럼 가라앉고 내 마음에는 세월의 결이 고요히 나이테를 이루어간다.

　　　　　　　　　　　　　　낯선 도시에서, 내게 물었다

세월의 흐름이 빛과 같은 속도처럼 느껴지는 순간이다. 그렇게 나는 엄마로 아내로 주부로 쏜살같이 지나온 세월을 살았다. 아이들을 위해 쿠키를 굽고 케이크를 만들며 생일 파티를 해주는 것을 계기로 파티세가 되어 요리학교에 출강을 하기도 하였다. 미국에서의 삶은 내게 새로운 분야로 도전하는 기회를 주기도 했지만 무엇보다 아이들을 키우며 철부지 엄마도 함께 자란 시간이었다.

얼마 전 로마린다 시청에서 개인전을 열게 되었다. 50대 중반을 앞둔 나이에 어쩌면 조금 늦은 개인전이었다. 그림 앞에 한참을 머물며 마음의 쉼을 얻는 이들을 통해 나는 그 어느 때보다 깊은 감사와 기쁨을 느꼈다. 그림을 그리는 로컬 아티스트들과의 인연으로도 이어졌다. 나의 묵상 카드는 그들에게도 감동으로 마음을 어루만지는 고마운 위로가 되어주었다. 진심과 겸손으로 시작한 출발이 선한 열매를 맺는 순간이었다.

어느 날 전시회를 찾은 어느 관람객이 복숭아꽃을 그린 그림 앞에서 오래도록 머물며 하염없이 감성에 젖어있는 모습을 우연히 보았다. 넌지시 그림이 마음에 드는지 묻자 돌아가신 어머니가 가장 좋아하는 꽃이 복숭아꽃이었다며 한참을 어머니와의 추억을 회상하셨다. 그는 그림 너머로 어머니와의 시간을 되돌렸고 어머니 품이 주는 안식과 평안을 누리고 있었다.

그렇다. 그림은 마음을 움직이는 치유이자 회복의 언어다. 어떤 이는 사랑하는 이들을 떠올리고 어떤 이들은 지나간 추억을 회상하며 각자의 감성의 온도를 느낀다. 그림이 주는 감동과 해석은 매우 개인적이며 주관적일 수밖에 없다. 전혀 이해할 수 없어 보이는 추상화 속에도, 작가의 의도와 감정이 깃들어 가치와 균형이 조화를 이루고 있다. 그래서 그림은 설명이 아니라 공명이어야 한다. 그림을 통해 서로의 마음이 닿고, 빛의 울림이 전해질 때 비로소 진정한 예술이 완성된다. 그것이 내가 계속 그림을 그리는 이유이기도 하다.

전시회를 통해 이어진 현지 작가들과의 인연도 소중하다. 서로를 격려하고 응원하며 유익한 정보를 공유하고 다양한 재료와 기법들을 기꺼이 나눈다. 참 여유롭고 아름다운 정서다. 서로의 표현 방식을 존중하고 새로운 시도를 두려워하지 않는 환경 속에서 나는 나만의 창조적 자유를 발견했다. 어쩌다 이제서야 이런 만남을 알게 된 걸까라는 아쉬움이 들다가도 지금이기에 만날 수 있는 인연들이라 생각하며 감사한다.

나는 자연을 그리며 수없이 산과 공원으로 간다. 산책을 하고 하이킹을 하며 사방에 펼쳐진 선물 같은 자연의 아름다움을 고스란히 흡수한다. 머리가 복잡하거나 마음이 우울하다면 주저하지 말고 일단 집 밖으로 나와 걸으라고 말하고 싶다. 나는 크리스천이다 보니 걸으며 설교를 듣곤 하는데 그렇게 한참을 걷노라면 크고 심각하게 느껴졌던 문제들은 어느새 작아지고 마음의 해석이 달라지는 걸 경험한다.

자연을 통해 얻는 삶의 지혜와 이치가 너무 많아서 그저 감사할 뿐이

　　　　　　　　　　　　　　낯선 도시에서, 내게 물었다

다. 그렇게 문제를 향하던 나의 시선은 너머보는 힘을 얻게 되고 그럴 수도 있지, 하는 마음의 여유와 안정을 찾아가곤 한다. 빛에 닿은 마음을 얻는 순간이다.

이렇듯 자연은 나에게 그림을 그리기 위한 소재이기도 할뿐더러 마음의 평안을 덤으로 얻는 치유이자 회복의 선물이다. 그렇게 그려온 그림들과 묵상 카드들로 유화와 수채화 열여섯 점, 묵상 카드 스무 점을 모아 전시회를 열며 새로운 인생의 장을 열 수 있는 기회로 이어졌다. 나는 이 모든 것이 지나온 세월 속에 예비해 두신 하나님의 선물이라고 생각한다. 작업을 하던 시간들은 선택적 고독이기도 했고 외로운 성찰의 시간이기도 했다. 그 고요함 속에서 나는 진정한 나를 만날 수 있었다. 빛이 내 안을 비추는 시간이었다.

사업가였던 나의 아버지는 예술을 깊이 사랑하셨다. 덕분에 나는 한국 근현대 미술을 대표하는 작가들의 작품을 가까이에서 볼 수 있는 행운을 얻기도 했다. 집안 곳곳에 걸린 그림들은 어린 나에게 단순한 시각적 경험이 아니라, 삶의 숨결과 감정을 느끼는 통로가 되어주었다. 어쩌면 예술가가 살아온 시대와 애환을 이해한 후, 그림에 대한 해석과 애정이 더 깊어진 것도 그 때문인지 모른다. 늘 순수 미술에 대한 열정을 품고 살아온 나는 아이들이 성장해 각자의 길을 갈 무렵 다시 붓을 들었다.

그동안 묵상했던 성경 말씀들을 수채화와 연결하는 작업을 시작하였고 그렇게 말씀 묵상 카드들이 완성되어 갔다. 자연을 주제로 한 유화를 통해서는 내 안에 숨은 빛이 드러나기 원했다. 그림을 그릴 때마다 세상이 멈춘 듯한 고요와 평안으로 깊이 몰입되었다. 텃밭에서 키운 케일이며 흙 묻은 비트 뿌리, 보기만 해도 건강해질 것 같은 아스파라거스들을 가만히 살펴보며 일상에서 쉽게 접하는 평범한 채소들을 그리기도 했다. 창조주의 경이로움이 오롯이 느껴지는 순간이자 비로소 내면의 평화를 찾은 시간들이다.

세상으로부터, 관계로부터 자유로워진 마음은 사랑과 용서와 감사를 마주하며 지나온 날들을 다독이는 따뜻하고 고운 치유의 시간, 빛으로 물든 나를 만나는 시간이다.

낯선 도시에서, 내게 물었다

2
빛에 닿은 마음, 이제서야 마주하는 나

우리는 모두 인생의 계절을 살아간다. 혹독한 겨울이 가면 대지는 새순을 틔우고 생명의 봄이 찾아온다. 찬란한 봄을 품기 위해, 나무들은 혹독한 겨울의 추위를 묵묵히 견딘다. 자연의 섭리는 인생의 여정을 반사하는 놀라운 진리다. 겨울의 고요와 봄의 움트는 새싹은 다르지만 모두 성장의 일부다. 한겨울의 눈이 녹을 때를 기다려야 봄은 찾아오고 생명의 씨앗으로 단장한 봄은 어느새 충만한 여름의 기운을 받아 초록의 향연으로 물든다. 그 어느 계절도 헛된 시절이 없으리라. 지난날의 인내는 성실하고 아름다운 성장의 열매를 맺게 하고 의젓한 가을을 맞이한다. 자연은 멈출 때와 나아갈 때를 안다. 누구에게나 오는 그 계절들을 지나 우리는 오늘을 마주한다.

개인적으로 나는 나무를 참 사랑한다. 숲이 주는 안식, 나무 냄새가 주는 치유와 회복의 숨결, 나뭇가지들 틈새로 스며드는 찬란한 빛은 그야말로 행복의 충족 요건을 다 갖춘 자연의 선물이다. 나무와 숲으로 어우러진 마음과 몸은 온전한 평온과 안식을 누리며 대가 없는 사랑을 알게 한다.

캘리포니아, 세크라멘토에 위치한 세코야 국립공원을 가면 보는 것만으로도 압도되는 경이로운 모습의 레드우드 숲을 만날 수 있다. 몇천 년을 살아온 나무들 앞에 서면 그 긴 세월의 흔적을 겪어낸 장엄한 모습에 마음이 뭉클해 진다. 고개를 젖혀 한참을 위로 뻗은 나무들을 보고 있노라면 창조주의 경이로운 손길이 온몸을 감싼 듯한 전율을 느낀다. 더 흥미로운 사실은 레드우드의 뿌리들은 땅속으로 깊게 내려가지 않지만 수평으로 넓게 퍼지면서 주변 나무들의 뿌리와 얽히고 서로 지지하는 방식으로 단단히 연결되어 있다는 것이다. 그물망을 이룬 뿌리들로 어느 한 나무가 영양분이 부족해 시름시름 앓기라도 하면 주변 나무들이 뿌리를 통해 양분을 나누어 준다는 연구가 있고 강풍이나 홍수 같은 외부 스트레스에 숲 전체가 함께 잘 견뎌냈다는 설명도 있다. 자연이 주는 생명과 존중, 사랑과 돌봄이 느껴지는 놀랍고도 근사한 사실이다.

그렇다. 나무는 빛으로 생명을 담아 호흡하고 모든 계절을 의연히 견디며 찬란하고 아름답게 성장하는 법을 안다. 나의 작품 중에도 아침 산책길에 만나는 크고 울창한 나무를 그린 그림이 있다. 현재는 누군가의 집에 새로운 보금자리를 찾아간 그 그림 속 나무는 나보다 훨씬 더 많은 나이를 먹은 늠름하고 의젓한 모습으로 나를 한결같이 반겨주었다. 그

낯선 도시에서, 내게 물었다

림 속 나무는 떠났지만 산책길의 나무는 여전히 나를 맞이한다. 그래서 일까. 나는 가끔 그 나무를 꼭 안아주기도 한다. 멋지게 살아낸 의젓하고 아름다운 모습이 그렇게 대견할 수가 없다.

햇살 품은 나무처럼 내게 주어진 날들에 감사한 마음을 넘치게 담아본다. 그렇게 감사와 온유를 채운 마음으로 소소하지만 찬란하고 반짝이는 오늘을 살아가고 싶다. 자유로운 마음이 가져다주는, 나를 진정으로 사랑하는 모습이다. 그렇게 자연은 나무도 꽃도 각자의 삶을 성실히 살아가며 의젓한 모습으로 삶을 완성해 간다. 자연의 질서처럼, 나 또한 작업을 하는 시간들은 의도적인 무인도 표류이자, 외로운 성찰의 시간이기도 하다. 세상의 소음으로부터, 관계로부터 거리를 두는 고요 속에서 나는 진정한 나를 마주할 수 있었다. 내 안에 빛이 드러나는 시간이었다.

꽃도 나무도 서로 다른 꽃이 피는 시기와 열매 맺는 때를 상관하지 않고, 각자의 때에 가장 아름다운 모습으로 피어나고 열매를 맺는다. "부러우면 지는 거다."라는 표현이 한국인의 정서에 꽤나 맞는지 유행어처럼 사용되었던 때가 있었다. 가벼운 부러움은 잠시 스쳐 가는 바람 같기도 하고 성장의 동기가 되기도 한다. 그러나 그 마음이 질투로 편승하는 순간 이야기는 달라진다. 성장을 가로막는 그림자가 되어, 스스로를 소모시키고 주변에도 부정적인 영향을 끼친다. 나는 심리학자는 아니지만, 인생 중반을 살아가다 보니 그런 경우들을 종종 보게 된다. 때로는 다양한 감정의 경계를 살피며 마음을 돌아보는 것만으로도 우리는 한 걸음 더 단단하고 성숙해진다. 사소한 감정에 휘둘려 나를 잃지 말고 지속적인 자아 성찰과 순수하고 창조적인 도전으로 나를 성장시키자. 마치 나무들의 뿌리가 서로 연결되어 함께 성장하듯, 그렇게 우리도 아름답게 성숙할 수 있기를.

사람과의 관계는 나를 기쁘게도, 때로는 깊이 아프게도 했다. 진심을 다해 마음을 내어주던 관계는 이기심이나 시기심이 고개를 드는 순간, 뽀족하고 무례한 말로 상처와 분열을 남기기도 했다. 마음의 길이 달라 드러나는 말의 온도 차이였다. 무례한 말과 부정적인 태도는 내면의 결핍과 아픔을 드러내는 또 다른 언어이기도 했다. 그 너머를 바라볼 줄 아는 눈이 생기자, 비바람 속에서도 감사로 자라나는 마음의 열매를 볼 수 있었다.

감사로 견딘 시간은 헛되지 않았다. 그 시간들은 나를 성장하게 하고, 타인의 상처를 헤아릴 수 있는 빛에 닿은 마음을 선물로 남겼다. 상처가 아물면 회복의 기쁨이 찾아온다. 혼란스런 감정은 고요해지고, 흔들리던 자아는 새벽 햇살처럼 반짝인다. 그렇게 잘 아문 상처 위로 나는 성장의 아름다운 꽃을 피운다.

사람의 마음의 길은 결국 말로 드러나는 것이 당연할 수밖에 없음을 이제는 안다. 무의식 속에 무심코 던진 말, 그 한마디 속에 그 사람의 마

 낯선 도시에서, 내게 물었다

음의 '길'과 '결' 그리고 '온도'가 고스란히 담긴다. 말의 힘이 얼마나 큰지 하나님도 세상을 말씀으로 창조하셨음을 생각하면, 말에는 생명과 죽음을 넘나들게 하는 강력한 힘이 있다. 말은 사랑과 용서 그리고 격려와 용기를 줄 수도 있지만, 한편으로는 실망과 분열, 오해를 낳는 위험한 무기가 되기도 한다. 이제 나는 그러한 말들 속에 내 마음을 가두지 않는다. 그 말들 너머에 숨은 감정을 인식하고 나를 지키는 감사로 전환하려 노력한다. 말의 온도를 통해서도 역시 마음의 결이 보인다. 빛이 닿은 마음이 드러내는 배려의 향기는 선한 진리를 좇아 사랑과 이해를 배우게 한다. 진정성 있는 말, 희망과 미래를 향하는 말은 사람의 마음에 성장의 꽃을 피운다.

꽃보다 아름다운 말로 사랑과 평화를 전하기에도 모자란 시간이다. 하루아침에 이루어질 리 없겠지만 건강하게 나를 돌보아 매일 꾸준히 아름답고 선한 말로 빛에 닿은 마음이 자라나기를 소망한다. 서로가 서로에게 어질고 온유한 마음으로 환한 빛이 되어주자. 그렇게 빛으로 물든 성숙하고 따뜻한 마음의 온도가 모든 인생의 계절에 드러나기를.

3
오늘을 담담하고 찬란하게 살아가는 법

자아 성찰의 시간은 타인의 시선과 기대 속에서 벗어나 진정한 나를 만나고 성장시키는 통로였다. 세상에 맞추던 발걸음을 멈추고 내 안의 목소리에 귀 기울이며 빛으로 물든 나를 마주하는 과정이야말로 자유로운 마음을 소유하는 행복의 출발이다. 어느새 내 나이도 하늘의 뜻을 헤아린다는 지천명을 훌쩍 넘고 나니 마음의 결이 조금씩 무던해지며 말 너머의 사람을 읽어내는 눈도 제법 생겼다. 감정이 태도가 되지 않도록 마음을 의젓하게 다스리는 힘, 어느 자리에서든 내 몫을 다하며 얻는 만족의 깊이, 그렇게 감사함으로 받은 빛에 닿은 마음은 나를 더 단단하고 고요하며 따뜻한 사람으로 성장시켰다. 살아온 지난날들을 돌아보며 알게 된 사실이 있다.

마음의 길과 결이 맞아 오래도록 이어지는 인연도 있고, 어느 지점에서 서서히 유효기간을 드러내는 관계도 있다는 것. 나는 이제야 느리지만 깊이 알게 되었다. 해야 할 도리를 다했다면 모든 인연을 붙들고 온

     낯선 도시에서, 내게 물었다

마음을 내어줄 필요가 없다는 것을. 계절이 흘러가듯 사람과의 인연도 그렇게 자연의 섭리 가운데 흘러간다. 그 흐름 속에서 나는 타인에 대한 작은 배려를 소중히 여긴다.

따뜻한 칭찬과 격려 한마디, 희망과 긍정을 내어주는 마음은 누군가의 하루를 반짝이게 하는 빛이 된다. 그렇게 감사와 사랑의 마음을 오롯이 담아 내 앞에 놓인 오늘을 온유한 평화로 나누고 싶다. 복이 되고 덕이 되는 사람이기를 기도한다. 빛에 닿은 마음이 감사로 문을 여는 찬란한 시간이다.

행복은 거창하지 않다. 행복은 결국 날마다 내 마음이 어디를 향하고 있는가에 달려 있다. 지나간 과거도, 알 수 없는 미래도 아닌 오직 내 앞에 놓인 '오늘'에 집중할 때 삶은 가장 빛나고 가장 온전해진다. 인생은 태도라고 했던가. 감사할수록, 마음은 환히 밝아지고, 자주 웃을수록, 삶의 기쁨은 자란다. 완벽하지 않은 하루 속에서도 소소한 기쁨 하나, 작은 감사 하나를 발견하는 것, 그것이 찬란한 오늘을 담담히 살아내는 법이다.

세상에 맞추던 발걸음을 멈추고 누군가의 인정에 목마르지 않게 된 순간, 나는 비로소 '있는 그대로의 나'를 사랑하기 시작했다. 남의 잣대가 아닌 내 안의 목소리에 귀 기울였고, 내가 좋아하는 일들로 소소하게 이룬 성취에 스스로 "참 잘했어."라고 말할 수 있는, 겸손한 만족을 알게 되었다. 그 순간 이미 나는 성공한 것이다. 천천히, 소소하게, 그러나 확실하게 나를 나로 즐기는 법을 배워가고 있다.

그렇게 나를 대하는 태도는, 어느 순간 사람을 대하는 태도로도 이어진다. 어른의 대화는 상대를 이기기 위함이 아니다. 선한 분별력을 기준 삼아 스스로를 존중하는 마음에서 비롯된다. 침묵이 비겁함이 아닌 순간이 있고, 한 걸음 물러섬이 패배가 아닌 때도 있다. 말의 칼날을 세우기보다 마음의 결을 지키는 선택, 그것이 빛 가운데 서는 이의 대화 방식일 것이다. 나를 지킬 수 있는 의연함은 오직 내 안의 중심이 바로 설 때 비로소 가능해진다.

나의 가치는 누군가의 평가나 인정에서가 아니라, 흔들리지 않는 내 안의 선한 기준으로부터 조용히 자라난다. 그렇게 차오른 지혜와 감사는 결국 빛이 되어, 말과 태도 속에 스며들고, 삶이라는 나무 위에 귀하고 아름다운 열매를 맺는다. 그래서 대화는 옳고 그름을 가르려는 판단이 아니라 마음과 마음이 이어지는 길이자 이해이다. '그럴 수도 있지.'라는 너그러움으로 먼저 웃고 먼저 손을 내밀며 먼저 사랑하자. 그 넉넉한 마음이 이미 내 삶을 기쁘고 풍요롭게 만들 테니.

나무가 뿌리를 내리고 서로의 양분을 나누듯, 사람의 마음도 그렇게 이어지는 것인지 모른다. 그림을 그리며 삶의 지혜를 얻는다. 의도적으로 디테일한 묘사를 생략하고 단순화된 형태로 사물과 풍경을 해석하며 작업하다 보면 삶 속에서의 나의 생각이나 해석 역시 심플하고 담백

 낯선 도시에서, 내게 물었다

해야 한다는 사실을 깨닫는다. 돌이켜보면 연연해할 필요도 없었던 일들에 마음을 쏟아 소모했던 시간들이 하나의 교훈이 되어 더 넓고 더 멀리 바라보는 시야를 선물했다. 단순한 해석은 대상의 기본 구조를 더 깊이 이해하고 파악할 때 가능해진다. 그래서 때로는 단순함 속에서 오히려 더 깊은 아름다움이 재창조된다. 결국 무엇을 바라보느냐에 따라 해석이 달라지는 법이다.

요즘 캘리포니아에는 가을비가 잦다. 여름내 건조했던 땅이 빗물을 마시고, 나무도 잔디도 생기를 되찾아 가을이 더 풍성하게 차오른다. 비 갠 하늘의 구름은 솜결처럼 포근하게 번지고 잔잔한 가을바람과 따스한 햇살로 충만해진 기쁨을 선물한다. 나는 자연이 건네는 있는 그대로의 아름다움을 실컷 마음에 담는다. 그리고 고백하듯 말한다.

경이로움과 사랑으로 세심하게 지어진 참으로 놀랍고 소중한 존재, "나로서 나는 충분하다." 지금껏 살아온 나에게 칭찬과 격려를 보내고, 꾸준히 배우고 성장해 온 나를 따뜻하게 다독이자. 가치 있는 일에 주저하지 않고 나를 성장시키는 귀한 시간들을 지나 겸손과 감사의 마음으로 지금의 나를 마주하는 것, 그것은 분명 축복이다. 빛 가운데 서서 빛에 닿은 마음으로 나를 바라볼 때, 나는 하나님의 온기 속에서 자라는 아름다운 기적이 된다. 그리고 찬란한 오늘의 캔버스 앞에 다시 붓을 든다. 성실하게 반짝이는 가을빛처럼, 소소하지만 귀한 기쁨들로 마음을

채우고 담담하고 찬란하게 오늘을 살아낸다. 오늘이라는 선물을 온전히
누리며, 나는 다시 한 걸음 빛으로 향한다.

 낯선 도시에서, 내게 물었다